俄罗斯精短文学经典译丛
诗意人生系列

时代的喧嚣

汪剑钊 主编
【俄】曼德尔施塔姆 著
刘文飞 译

读者出版传媒股份有限公司
敦煌文艺出版社

图书在版编目（CIP）数据

时代的喧嚣 / （俄罗斯）曼德尔施塔姆著；刘文飞译. -- 兰州 ：敦煌文艺出版社，2013. 12(2023.4 重印)
（俄罗斯精短文学经典译丛）
ISBN 978-7-5468-0629-7

Ⅰ. ①时… Ⅱ. ①曼… ②刘… Ⅲ. ①俄罗斯文学—现代文学—综合作品集 Ⅳ. ①I512. 15

中国版本图书馆CIP数据核字（2013）第296066号

时代的喧嚣
汪剑钊　主编
〔俄〕曼德尔施塔姆　著
刘文飞　译
责任编辑：余　琰

敦煌文艺出版社出版、发行
本社地址：(730030)兰州市城关区曹家巷1号
0931-8773084(编辑部)　　0931-2131387(发行部)

三河市嵩川印刷有限公司
开本 787 毫米×1092 毫米　1/16　印张 13　插页 1　字数 190 千
2014 年 6 月第 1 版　2023 年 4 月第 3 次印刷

ISBN 978-7-5468-0629-7
定价：48. 00 元

出版说明

2013 年，我社开始策划出版“世界精短文学经典译丛”，这套丛书约请国内最优秀的翻译家担任主编和译者，将世界几大主要语言写成的短篇作品择优选入，并按照一定的主题和体裁进行分类，以独特的视角呈现出各国文学的基本面貌，为我国读者了解世界文学提供了一个较为广阔的平台。“俄罗斯精短文学经典译丛”即是这套选题中的一种。

俄罗斯文学影响了中国几代人的成长，让他们形成了特有的精神风貌和对世界的认知方式，但因为复杂的历史原因，这一精神资源的承续和发展出现了断裂。为重新深入挖掘、整理俄罗斯经典文学的优秀资源，我们倾心推出“俄罗斯精短文学经典译丛”（20 册），分为“诗意自然”“诗意人生”“诗意心灵”和“诗意生活”等四个系列，让读者再一次感受俄罗斯文学的独特魅力，在阅读中汲取有益的精神养分，提升对诗意生活的自觉追求，丰富人们的内心精神世界。

敦煌文艺出版社

2014 年 5 月

译者序言

□刘文飞

一

曼德尔施塔姆，一个熟悉的陌生人。在相当长的一段时间里，无论是在他的祖国还是在我们这里，都是这样的。在他的祖国，由于政治上的原因，他和他的作品自30年代末起便长期被打入冷宫，几十年后才又被学者小心地发掘出来，为隔了一代的读者所惊讶地阅读；而在我国，对于曼德尔施塔姆，也一直由于其祖国对他的忽视而对其知之甚少，再加上其作品在翻译上的难度，曼德尔施塔姆的“陌生”便持续了下来。近来，曼德尔施塔姆的名字时时被提起，甚至还经常出现其诗其文的单篇译作或对其话语的引用，但我们一直没有一个比较全面地介绍曼德尔施塔姆的选本。在这种情况下，译者不揣冒昧，编译出这个文集，只求让曼德尔施塔姆离对他感兴趣的国人更近一些。

奥西普·埃米里耶维奇·曼德尔施塔姆于1891年1月3日生于华沙，父亲是一位犹太商人，母亲则出身于一个俄国知识分子家庭。曼德尔施塔姆的童年是在彼得堡度过的，这座俄罗斯帝国的都城，无论是在他的生活还是在他的创作中都留下了深深的痕迹。16岁时，曼德尔施塔姆遵家人之命赴柏林，进一所犹太宗教学校学习犹太经书。不久，又回彼得堡，在捷尼舍夫商业学校上学，在这里，受该校语文老师弗·吉比乌斯的影响，他产生了对文学的兴趣。1907年，曼德尔施塔姆去了法国，在巴黎大学学习法国文学。在这一时期写给老师吉比乌斯的一封信中，曼德尔施塔姆写道：“除了魏尔兰之外，我还写了关于罗登巴赫和索洛古勃的文章，我还准备写一写汉姆生。然后，再写一些散文和诗歌。夏天，我打算去意大利，回来后就进大学，系统地研习文学和哲学。”这表明，曼德尔施塔姆在那时已开始了他的文学研究和文学创作。1910 年，曼德尔施塔姆转至德国的海德堡大学，但专业仍是法国文学。1911 年，曼德尔施塔姆回国，进入彼得堡大学历史语文系罗曼语—日耳曼语专业学习，但他最终未能毕业，据说是希腊语考试考砸了，联系到曼德尔施塔姆对古希腊罗马文学始终不渝的强烈兴趣，他的这次“失手”似乎是令人难解的。

现在所知的曼德尔施塔姆的最初诗作，作于 1908 年。在巴黎留学时，曼德尔施塔姆受到了法国象征主义诗歌的影响，他最初的诗作有着鲜明的象征主义色彩。回国后，他又参加了伊万诺夫的“象牙塔”的活动，与当时以象征派为主体的俄国诗界有较为紧密的联系。然而，他最终却是以一位阿克梅派诗人的身份崛起于诗坛的。早在巴黎，他已与后来成为阿克梅诗派领袖的古米廖夫相识，回国后不久，他就与古米廖夫、戈罗杰茨基、阿赫马托娃等人共同组成了“诗人行会”，创办了《吉别尔保雷》杂志和几家出版社，正式展开了阿克梅诗派的活动，曼德尔施塔姆还写有纲领性的《阿克梅主义的早晨》一文。1913 年，曼德尔施塔姆出版了第一本诗集《石头集》，该诗集后多次再版，奠定了他的诗人地位。十月革命后，诗人曾在教育人民委员会工作过一段时间，后离开都市，在克里米亚和高加索地区生活了数年，20 世纪 20 年代初才回到莫斯科。1922 年，他出版了第二部诗集《忧伤集》，之后不久，曼德尔施塔姆突然转向了散文写作。1928 年，曼德尔施塔姆迎来了其创作上的一个丰收期，这年，他同时出版了一部诗作合集（包括前两部诗集在内）、一部散文集（包括《时代的喧嚣》在内）、一部文论集《论诗歌》和一些译作。但在此后，由于一些突发事件的影响，曼德尔施塔姆的创作一时沉寂了下来，直到 20 世纪 30 年代中期的沃罗涅日流放时期才出现又一个创作高峰。

曼德尔施塔姆的一生是不幸的：在内战时期的高加索等地，他先后被红、白两方的队伍所关押；在 20 世纪 30 年代，他又两次被捕，长期遭流放；

他一直很贫穷，长期居无定所，带着妻子一起流浪；他神经过于敏感，性格既胆怯又冲动，使他常常与别人产生冲突；在强烈的刺激下，他曾不止一次地试图自杀……在曼德尔施塔姆多灾多难的一生中，有过这样几件影响到其命运的事：

首先是发生在1918年的所谓的“勃柳姆金事件”，俄国诗人伊万诺夫在他的回忆录《彼得堡之冬》中记述了这一事件。在一次聚会上，曼德尔施塔姆遇到一个叫勃柳姆金的人，此人是契卡的侦查员，他当时喝醉了酒，正用铅笔在一份名单上随意地勾出他准备逮捕、枪毙的人，他的做法使曼德尔施塔姆感到吃惊和愤怒，他冲过去撕碎了勃柳姆金的名单，然后逃开了。当夜，应曼德尔施塔姆的请求，加米涅夫的夫人给捷尔任斯基打了电话，捷尔任斯基接见了曼德尔施塔姆，在听了曼德尔施塔姆的汇报后当即决定逮捕并枪毙勃柳姆金。然而，几天之后，勃柳姆金却被放了出来，他满城到处寻找曼德尔施塔姆，为躲避勃柳姆金的“复仇”，曼德尔施塔姆离开莫斯科去了高加索。伊万诺夫的记述是否确切，是有疑问的。因为伊万诺夫本人并不是这次事件的见证者，他在回忆录中对曼德尔施塔姆的描写也往往是带有讽刺意味的。阿赫马托娃就曾对伊万诺夫关于曼德尔施塔姆的描述表示过反感。但是，曼德尔施塔姆在这之后不久便离开了莫斯科，并在高加索和克里米亚地区生活达数年之久，却是事实；曼德尔施塔姆后来长期受到有关方面的监视，他对勃柳姆金或勃柳姆金之类的人一直怀有恐惧，这或许也是真的。

1928年，处在其创作高峰期的曼德尔施塔姆又在无意之中惹出了一场“剽窃风波”。曼德尔施塔姆曾应土地和工厂出版社之约，对霍因费尔德等人所译的比利时作家科斯特的小说《欧伦施皮格尔的传说》进行加工，小说出版时，由于出版社的疏忽，小说译者的署名变成了曼德尔施塔姆，霍因费尔德等在报上发表文章，指责曼德尔施塔姆“偷了别人的大衣”，关于曼德尔施塔姆“剽窃”他人译作的风言立即流传开来。尽管曼德尔施塔姆在致《莫斯科晚报》、《文学报》的信中对有关事实作了澄清，尽管有许多著名作家，如皮里尼亚克、帕斯捷尔纳克、费定、列昂诺夫、左琴科、法捷耶夫等，曾出面为曼德尔施塔姆辩护,但曼德尔施塔姆的名誉还是受到了很大的损害,他也由于一些人的误解而受到了强烈的刺激。

曼德尔施塔姆"与托尔斯泰的冲突",也是一个影响很大的事件。1934年,后来因长篇历史小说《德米特里·顿斯科伊》而获得斯大林奖的作家谢尔盖·博罗金,在曼德尔施塔姆家中惹出一场纠纷,欺负了曼德尔施塔姆的妻子,官司打到作家协会,协会的领导阿·托尔斯泰却有些偏袒博罗金,同志审判会作出判决,是曼德尔施塔姆夫妇有错。这年春天,在列宁格勒的作家出版社里,曼德尔施塔姆遇见了托尔斯泰,便冲过去,当着许多作家、编辑的面,给了托尔斯泰一个耳光,并说道:"我要惩罚这个准许殴打我妻子的刽子手。"事后,许多人劝托尔斯泰起诉曼德尔施塔姆,但托尔斯泰却拒绝了。这个事情传开后,许多人都对曼德尔施塔姆产生了看法,曼德尔施塔姆在作家圈中的处境更加孤立了。

1934年5月13日,曼德尔施塔姆第一次被捕,逮捕证是苏联内务人民委员亚戈达亲自签署的,搜查进行了整整一夜,侦查员找到了《"为了未来世纪轰鸣的豪迈……"》等诗,清晨7点,曼德尔施塔姆被带走了。阿赫马托娃和帕斯捷尔纳克等人立即为曼德尔施塔姆奔走起来,帕斯捷尔纳克找了布哈林,阿赫马托娃找了当时的中央执委会成员叶努基泽,他们的活动大概产生了效果,曼德尔施塔姆只被判处3年徒刑,被流放至北乌拉尔地区卡马河上游的一个小镇切尔登。在那里,曼德尔施塔姆曾跳楼自杀,摔断了胳膊,陪伴在他身边的妻子给中央发了一份电报,斯大林获悉情况后与帕斯捷尔纳克进行了电话交谈,最后同意曼德尔施塔姆自己另选一处流放地,曼德尔施塔姆选的是沃罗涅日。

1937年5月,曼德尔施塔姆结束流放生活回到莫斯科,但仅仅一年之后,在1938年5月2日,他又再次被捕,被从切卢斯吉精神病院直接押往苏联远东地区。虽然,他原被判5年徒刑,但在1938年的12月27日(一说为11月中旬),他就在集中营中死去了。他是如何死的,葬在何处,均不得而知。

在曼德尔施塔姆不满50岁的一生中,在他不到30年的创作生涯中,他竟遭遇了如此之多的不幸!他的不幸,或部分地源自他的犹太民族出身,或部分地源自他孤傲的个性,而诗歌与生活、诗人与现实的冲突,则无疑是导致其悲剧命运的最主要因素。俄国诗人沃兹涅先斯基在评价帕斯捷尔纳克的《日瓦戈医生》时,认为其主题就是20世纪专制政体下知识分子的命运;而曼德尔施塔姆的遭遇,正是这种命运的一个具体体现。

二

1913年,曼德尔施塔姆出版了他的第一部诗集《石头集》。这位年轻的诗人出手不凡,把诗写得冷峻而又饱满,具体而又深刻。他以"石头"为题,有多方面的考虑:石头是坚定的,冷静的,它象征着曼德尔施塔姆早年的诗歌追求和生活追求;这里的石头是地面的石头,而不是象征主义那里的天上的"石头"(星星和月亮),曼德尔施塔姆也在用这一形象与象征主义相对抗;石头是现实中平凡的、持久的存在,对它的关注,表明曼德尔施塔姆是一个关心此世的诗人。曼德尔施塔姆曾经很推崇法国诗人戈蒂埃的《艺术》一诗中的两句话,大意是:所选取的材料愈是无奇,以它所完成的创造便愈美。曼德尔施塔姆以石头为题,大约是在实践戈蒂埃的教导。作为一位"石头诗人",他的诗有这样两个特征:以人的创造为诗题;力图介入文化的积累。因此,他的诗歌作品便体现出了极重的文化色彩。首先,他的诗多以欧洲的神话、远古诗人的母题和智慧哲者的思想为对象,其实是在对诗的文化储备进行又一次提炼,又一次"精加工"。所以,有人称他的诗为"诗的诗",为"潜在的文化金字塔";①所以,别雷称他是"所有诗人中最诗人化的一位"。②其次,他的诗以探索生存的本质、以战胜生命本身为其使命。曼德尔施塔姆认为,死亡

①尼古拉耶夫编《俄国作家传记辞典》,第2卷,第14页。

②见苏联科学院俄罗斯文学研究所编《俄国诗歌史》,第2卷,第387页。

就是时间的终结，时间的终结就是遗忘，诗作为词的最佳的、最严密的组合，可以强化人的记忆，并最终战胜死亡。时间，于是成了曼德尔施塔姆最崇拜的概念，他将时间视为空间的三维之外的“第四维”。深受曼德尔施塔姆影响的诗人布罗茨基曾评论道，在曼德尔施塔姆的诗歌中，“时间的存在，是既作为实体又作为主题的存在”。布罗茨基还注意到，时间在曼德尔施塔姆诗中的“处所”，就是诗中的停顿，曼德尔施塔姆总是采用一种颇多停顿的诗体，他使诗中的每一个字母、尤其是元音字母，几乎都成了可以触摸得到的时间的“容器”。另外，曼德尔施塔姆采用的是一种密实、凝重的诗体，这一诗体既能呼应人的记忆节奏，又能以它与混乱的日常口语的区别来刺激人的记忆神经。藉此，曼德尔施塔姆修筑了一条“时间的隧道”，他的诗，“即使不是时间的意义，也是时间的形式：即使时间没有因此而停止，那它至少被浓缩了”。说到底，曼德尔施塔姆的诗就是一种“重构的时间”。①

曼德尔施塔姆持续了约 30 年的诗歌创作活动，大致可以划分为 5 个阶段：1907 年，很早就开始写诗的曼德尔施塔姆，在彼得堡捷尼舍夫学校的一份刊物上发表了第一首诗。3 年之后，自法、德留学归来的曼德尔施塔姆，在《阿波罗》杂志 1910 年第 9 期上发表了几首诗。从此正式登上俄国诗坛，他早期的诗，具有某些象征主义的意味。1912—1915 年间，曼德里施塔姆潜心创作，1913 年出版的第一部诗集《石头集》表明，其诗歌的题材和风格特征已基本形成，这一时期. 他与古米廖夫等合作，积极地宣扬阿克梅诗派的理论主张，并进行了卓有成效的创作实践。曼德尔施塔姆 1915—1921 年间的创作总结是诗集《忧伤集》，其中的诗作显示，曼德尔施塔姆的诗风有了某种转变，诗人似乎更注重于诗内在的文化底蕴了；在接下来的 1921—1925 年间的创作中，这一创作精神得到了保持，但同时，作者还更多地加入了对历史的追溯和对现实的沉思等成分。然而，在这之后，诗人突然完全中止了诗歌创作，转而写作、发表了大量的文论、传记、旅行记等散文作品，直到 1930 年

①布罗茨基《少于一》，第 123—144 页。

才重新开始写诗。曼德尔施塔姆20世纪30年代的诗歌，尤其是沃罗涅日流放时期的诗歌，似乎将他在此之前各个阶段有价值的特征、有益的经验都融为一体了，从而构成了他诗歌创作的顶峰。

总的看来，严谨的形式和严格的格律，滞重的古典韵味和凝重的雕塑感，深厚的文化味和深刻的道德感，冷静的个性意识和冷峻的诗歌意境，——这一切合成了曼德尔施塔姆诗歌的总体风格。这里，我们自曼德尔施塔姆各个创作阶段的诗作中分别选出若干首，试图使读者能管中窥豹式地获得一个关于曼德尔施塔姆诗歌的较为完整的印象。

诗人阿赫马托娃认为，在20世纪的俄国诗人所写的自传中，有两本最为出色，一本是帕斯捷尔纳克的《安全证书》，一本就是曼德尔施塔姆的《时代的喧嚣》。阿赫马托娃原打算自己也写一部自传，“一本作为《安全证书》和《时代的喧嚣》的表姐妹的书是应该出现的”，但是，已有的两部诗人自传如此地杰出，竟使得阿赫马托娃担心，自己未来的自传，“与其出色的表姐妹们相比，它会显得像个脏孩子、老实巴交的女人、灰姑娘等等”。于是，女诗人最终放弃了写作自传的计划，而只留下了一些片段性的传记文字。[①]

帕斯捷尔纳克的《安全证书》已由桴鸣先生译成中文，与乌兰汗先生所译帕斯捷尔纳克的另一部著名自传《人与事》结集出版。[②]将《安全证书》与《时代的喧嚣》相比较，可以发现，这两部自传都是两位诗人在还比较年轻、似乎还没到写作自传的时候写下的，用阿赫马托娃的话说，“他们俩人（鲍里斯和奥西普）都是在刚刚步入成熟时就写了自己的书，那时，他们所回忆的一切尚不那么遥远”。[③]《安全证书》写于1929—1931年间，当时帕斯捷尔纳克还不到40岁；曼德尔施塔姆则在34岁时完成了《时代的喧嚣》（1925）。所

①见阿赫马托娃《自传随笔》，刘文飞译，载《散文与人》第6辑，贵州人民出版社，1996年，第238—250页。

②见帕斯捷尔纳克《人与事》，乌兰汗、桴鸣译，三联书店，1991年，第15—174页；题目译为《安全保护证》。

③见阿赫马托娃《自传随笔》，刘文飞译，载《散文与人》第6辑，贵州人民出版社，1996年，第247页。

不同的是，帕斯捷尔纳克在自己的暮年又写出了《人与事》(1956)，而过早地死在集中营中的曼德尔施塔姆(1891—1938)，却来不及写作他的另一部传记，人们只能将他的绝唱“沃罗涅日诗抄”当做他的另一种自传来阅读了。

每个人都会有自己的传记，哪怕他只写下过一行日记，但是，能被人们所广泛阅读的传记，则必定出自各种各样的名家之手。除了那些昙花一现的影星、主持人和暴发户们以“道路”、“独语”、“岁月”等为题的“传记”外，名家的传记往往具有较为恒久的阅读魅力。这是因为，在名家的自传中，不仅有他们的经历、交往和见闻，而且还有他们的感悟、思考和判断。当然，传记也是各式各样的，有卢梭的《忏悔录》那样的自我剖析，有托尔斯泰的《童年·少年·青年》那样的温情回忆，也有爱伦堡的《人·岁月·生活》那样的社会记事，更多的则是政治家们对权力之争的叹谓，如托洛茨基的《回忆录》，军事统帅对战功的追忆，如朱可夫的《回忆与思考》，以及沙龙女主人式的人物对往事的梳理如《巴纳耶娃回忆录》，等等。然而，曼德尔施塔姆的自传是与众不同的。抱着了解诗人生活掌故、猎奇文坛趣闻之阅读动机的读者，在读了《时代的喧嚣》之后也许会感到失望，也许会觉得，《时代的喧嚣》中似乎也充满着作者混乱回忆的“喧嚣”。

别尔嘉耶夫曾在他著名的自传《自我认知》的开篇写道：一般的自传中的“我”通常为一进行着回忆和思考的“主体”，而他的自传中的“我”却为他之哲学思考的“客体”，作者是以一个“局外人”的立场来考察“我”的哲学成长过程的。《时代的喧嚣》也是这样一部“主客交融”的自传，在《时代的喧嚣》中，作者写了这样一段话：“我想做的不是谈论自己，而是跟踪世纪，跟踪时代的喧嚣和生长。我的记忆是与所有个人的东西相敌对的。如果有什么事与我相干，我也只会做个鬼脸，想一想过去。<……>在我和世纪之间，是一道被喧嚣的时代所充斥的鸿沟，是一块用于家庭和家庭记事的地盘。<……>我和许多同时代人都背负着天生口齿不清的重负。我们学会的不是张口说话，而是呐呐低语。因此，仅仅是在倾听了越来越高的世纪的喧嚣、在被世纪浪峰的泡沫染白了之后，我们才获得了语言。”写作自传，却意在“跟踪世纪”；

获得语言，却是在倾听了“时代的喧嚣”之后。这段话使我们感觉到，作者之写作自传，似有“醉翁之意不在酒”之嫌，他的主要目的不是展示自我的成长历史或自己的成功经验，而是再现出时代的氛围，以及时代氛围与个性（不仅仅是作者自己的个性）形成之间的关系。曼德尔施塔姆在这里写的是自己的“前史”，从童年时的感受写到初涉文坛时的交往，但是，他最关注的却仿佛是文学之外的社会事件，虽然他只是通过童年和少年时凌乱的印象、朦胧的记忆来折射社会的。这些印象和记忆自然难以是整体的，但它们却恰好以其具体和真切而使人感到易于接受。作者在《时代的喧嚣》中较少提到自己，却着力写了几个人物，如谢尔盖·伊万内奇、尤里·马特维伊奇、西纳尼一家、弗·吉比乌斯等，但他们皆“无名之辈”，至少算不得那一时代的风云人物，作者有意将笔墨集中于这些人物，也许同样是为了绘出关于时代和社会的更朴实更贴切的风俗图。曼德尔施塔姆在写作时所体现出的这种“客观性”和“非我性”，使《时代的喧嚣》有别于一般的诗人自传。

然而，这的确又是一部诗人的自传。首先，它仍使我们认识到了诗人个性形成的基础和过程，巴甫洛夫斯克的音乐，彼得堡的帝国风格，家庭中的犹太教气息，芬兰的异国情调，家中的书柜，捷尼舍夫学校的文学课，与社会民主党人的接近，等等，正是这一切，构成了诗人早年所处的社会和文化氛围，它们在诗人的个性乃至艺术风格的形成中无疑起到了很大的作用。说实话，在阅读《时代的喧嚣》时，最使我们感兴趣的，也恰恰是这些章节和片断。其次，无论是从其结构还是从其语言上来看，《时代的喧嚣》都是一部道地的诗人传记。这部传记篇幅短小，结构灵活，没有清晰的线索和连贯的叙述，而充满着细节和跳跃，从形式上看，更接近于诗的结构。在语言上，这部作品更是富有“诗意”的，一方面，作者的文字很简洁，在描写人物、介绍场景时，多是三言两语式的，似乎总怕把话说得过于充分；另一方面，传神的、生动的形容和比喻在文中比比皆是。比如，在作者的笔下，老近卫军士兵“衰老得生出青苔”；举行阅兵式的广场是“一片步兵和骑兵的间作耕地”；沙皇出游时站满街道的宫廷警察；“就像是些长胡子的红色蟑螂”；“像撒下了一把豌豆”；

前来俄国做保姆却盲目自傲的法国姑娘有的是“脱臼的世界观”；面对新来的孙子而感到手足无措的爷爷和奶奶，“就像受到欺负的老鸟一样，竖着羽毛”；一个参加时髦音乐会的彼得堡人，“像一尾急速游动的小鲤鱼，钻进了前厅的大理石冰窟窿，消失在为丝绸和天鹅绒所装备的火热的冰屋里”；而世纪之初的人们，“就像滚烫的玻璃灯罩下夏日的昆虫，整整一代人都在文学节日的火焰中被烫伤了，烤焦了，戴着隐喻的玫瑰花环”。这样的“奇喻”连续不断，营造出了一种独特的阅读氛围。有时我们会感到，读着曼德尔施塔姆的这部自传，我们好像就是在阅读他的诗作。

“口齿不清”的个人声音和嘈杂的“时代喧嚣”，需要我们更认真地分辨；诗一样的作品结构和语言风格，需要我们更留意地揣摩。因此，《时代的喧嚣》需要我们做更细致的阅读。曼德尔施塔姆的研究者之一纳乌姆·别尔科夫斯基（1901—1972）早在他写于1929年的《论曼德尔施塔姆的散文》一文中，就曾针对《时代的喧嚣》一书指出：“曼德尔施塔姆的这本小书可能需要一种紧张的关注。”[①]在这样的阅读之后，我们也许不仅能对曼德尔施塔姆的生活和诗歌多一些了解，而且还能对曼德尔施塔姆所处的时代、对曼德尔施塔姆同时代人的命运，有一个具体的感觉。

然而，一位诗人能否以极端个性化的作品结构和语言来“客观地”诉诸现实和社会，再者，一个自传作者如何在时代的喧嚣中保持住自己清晰的声音，这是我们在阅读《时代的喧嚣》后产生出的疑问。如果说，在《时代的喧嚣》中，曼德尔施塔姆相对成功地调和了主观和客观、自传与时代、个人与社会之间的关系和矛盾，那么，在现实生活中，他的这一努力却是以悲剧告终的。这使我们意识到，个人的传记与时代的声响并不总是能产生共鸣的。

曼德尔施塔姆不仅是一位著名的诗人、散文家，同时也是一位杰出的诗歌理论家。近年来，随着俄国“白银时代”文化的“升值”，随着俄国“回归文学”的兴起，随着布罗茨基等当代著名诗人对曼德尔施塔姆无保留的推崇，

---

①见曼德尔施塔姆《第四篇散文》，莫斯科，1991年，第202页。

曼德尔施塔姆在世界范围内得到了越来越多的关注，他的文论和他的其他体裁作品一样,也已被视为一笔宝贵的文学遗产。

1987年,苏联作家出版社出版了曼德尔施塔姆的文论集《词与文化》。这个集子将曼德尔施塔姆先前出版过的两个单行本《论诗歌》(1928)以及《谈论但丁》(1967)和他的近30篇诗论收在一起,大抵是曼德尔施塔姆文论的集大成者。《词与文化》的书名取自曼德尔施塔姆1921年发表的、后收入《论诗歌》文集的一篇文章的题目。这个书名的选择是准确的,这个书名不仅可以整体地概括集子里的文字，而且也是理解曼德尔施塔姆整个诗歌观念的钥匙。翻阅这个300余页的文集,梳理着曼德尔施塔姆的诗歌思想,我们可以发现,“词”、“文化”和“诗”是曼德尔施塔姆诗学中三个最核心的概念。

“词”，本身就是曼德尔施塔姆十分珍重的一个词，尽管在不同的场合里,曼德尔施塔姆也曾用“语言”、“言辞”等来表达相同或相近的意思。在《论词的天性》一文中,曼德尔施塔姆从两个方面对词的本质作了考察。首先,他提出一个问题:俄国文学是不是统一的?是不是延续的?如果是的,又是什么在维系俄国文学的统一和延续?曼德尔施塔姆的答案就是“词”,就是“民族的语言”;其次,他认为,词的主要特征就在于其“可还原性”。词是符号,它犹如一个光源,能将意义辐射向四方;词可以转化为形象,形象又可以再还原为符号。词是可容纳万物的“器皿”,是无限丰富的,同时它又是能动的,是一切思想和精神的灵魂。我们注意到,在这里,曼德尔施塔姆从两个方面考察的语言,应该分别是两种性质不同的语言,前者是一般的语言,后者是诗歌的语言,曼德尔施塔姆并没有将两者加以区分。如果说这一未加区分是一种混淆的话,那么,他对词的内容和形式的“混淆”则是有意为之的。词同时是形式和内容,同时是存在和抽象。由此,曼德尔施塔姆将词推上了高于一切的位置。当《论词的天性》一文以单行本的形式在哈尔科夫首次出版时,扉页上曾印有古米廖夫的一段诗作为题辞:“可是我们已经忘记，/只有词在闪着光，/照耀尘世的顾虑，/约翰和福音书都说过,词,就是上帝。”的确,对于曼德尔施塔姆来说,词就是上帝,或者说,就是一种图腾。他对词的崇拜,使得《词与文化》的序者称他为“词的孜孜不倦的探求者”。

在曼德尔施塔姆的诗学中，与“词”一样醒目、但更为重要的另一概念是“文化“。在《词与文化》一文中，曼德尔施塔姆将词与文化作了比较。他认为，人除了肉体的饥饿外，还应该有“精神的饥饿”。人是饥饿的，时间是饥饿的，文化也是饥饿的，而“词，就是肉体和面包”。诗人的使命和义务，就是去“怜悯否定词的文化”。但词本身不是物，活的词并不表达对象，而是像选择住所般地自由选择这一或那一对象的含义，选择物性，选择心爱的躯体。“词环绕着躯体自由地徘徊，如同一个灵魂环绕一具被遗弃的、却未被忘却的躯体。”但是，相对于作为灵魂的文化，词又成了“面包和肉体”。对于曼德尔施塔姆来说，文化是对词的消费过程，也是词本身的积累过程。并不局限于对词与文化之关系的考察，曼德尔施塔姆对文化还有更为广泛的理解。他认为，历史首先是文化的历史，文化是历史的物质体现；作为精神的历史，文化赋予历史进程以内容和形式。文化是一个与自然相对的、自我封闭的历史空间，它能摆脱时间的束缚而形成一个统一的存在，就这一意义而言，文化又是超越历史的。文化是历史的，文化又是非历史的，于是我们看到，和关于“词是灵魂又是肉体”的论断一样，曼德尔施塔姆再次摆出了“亦此亦彼”的公式。这种“盲目”也同样源于某种崇拜。对于曼德尔施塔姆来说，文化是惟一能与自然相对峙的存在，它比权力更强大，比生命更持久，是一种可以战胜时间和空间的方式。可以说，曼德尔施塔姆的所有诗论都是从文化出发的，都是围绕文化来谈论诗歌的。无怪乎，《词与文化》的序者又称曼德尔施塔姆的诗论为“文化学诗学”。对文化的崇拜，是与对文化遗产的珍重结合在一起的。联系到本世纪初俄国现代主义文学流派对文学遗产常常持有的否定态度(如未来主义的“把普希金、陀思妥耶夫斯基、托尔斯泰等等、等等从当代的轮船上抛出去”的口号)，曼德尔施塔姆对文化所持的这一态度就越发显得可贵了。

无论是“词的诗学”，还是“文化的诗学”，曼德尔施塔姆的理论主要都是关于诗的学说。崇拜词也好，眷念文化也好，曼德尔施塔姆的落脚点仍在于诗。曼德尔施塔姆认为,是诗如同一座桥梁沟通了词与文化,将两者联系在一起。词是诗的基础,是诗歌构成的材料和手段,它同时是诗的形式和诗的内容,是诗歌形象和诗歌思维的物质存在。诗作为最有序的、最紧密的词的构成,犹如一座城堡,足以抵御混乱和虚无。因此,诗不仅是文化的传递者和保存者,而且也是文化与自然抗争的有力武器之一。是文化有机、能动的组成部分。诗如同希腊神话中主管出入和一切开端的门神伊阿诺斯那样,生着两副面孔,一副朝向神圣的诗,一副朝向同样神圣的文化。

这便是曼德尔施塔姆诗学理论体系的大致轮廓，对词的崇拜和对文化的眷念,构成了其诗学的基本内容和首要特色。

曼德尔施塔姆留下的书信并不多,到目前为止,收入曼德尔施塔姆书信最多的曼氏文集，是国际文学协会 1969 年出版的《曼德尔施塔姆三卷集》(后扩充为四卷,斯图卢威和费里波夫主编)的第 3 卷。在该卷所收的 85 封书信中，最后一封是曼德尔施塔姆 1938 年 10 月自符拉迪沃斯托克集中营寄给家人的信,而倒数第二封则是他 1937 年 5 月 7 日写给妻子的信,这两封信之间有一个很大的间隔。在 20 世纪 90 年代出版的一部《曼德尔施塔姆选集》(莫斯科 Интерпрнт 出版社,1991) 中，又首次以《最后的书信(1937–1938)》为题发表了曼德尔施塔姆在其生活最后一年多的时间里写下的 8 封书信。

书信有可能是一个人最真诚的文字，它也许是最能使我们与作者产生亲近感的文字。这里的 20 封书信,取自曼德尔施塔姆一生中的不同时期,从他踌躇满志的巴黎来信到充满辛酸的“远东便笺”,从他自我辩护的激烈公开信到他发自流放地的心声,其中的时间跨度是很大的,其中体现出的生活境遇的差异和心态的差异也是巨大的,但是,我们在了解到了诗人有关的生活细节的同时,也了解到了诗人的生活态度,不知不觉地,我们已与诗人进行了一次长谈。

在曼德尔施塔姆的书信中,最为感人的,有两个部分。一是他写给妻子的信,尤其是他在流放中写给妻子娜杰日达的信。十分相爱的曼德尔施塔姆夫妇很少分离，在他们分离的时候，曼德尔施塔姆几乎每天都要给妻子写一封信，表达自己的思念和爱。这种爱，由于其经历了太多的磨难，而使我们觉得更为感人。另一部分书信，就是他最后的8封信。这些书信对于我们了解曼德尔施塔姆后期的生活和创作、际遇和心境等，是弥足珍贵的。诗人当时身体不好，又得不到治疗，他没有钱，又“同时失去了”工作和住房，他感到“非常疲惫”，不知道等待他的将是什么。但就是在这样的情况下，他还是多次提到，他“非常想工作”：“我想活下去，我想工作”、“工作的中断，……使治疗失去了所有的意义”。工作，也许是为了养家糊口，但更可能是一种本能的冲动，是一种神圣的使命在诗人身上的体现。

三

在20世纪的俄语文学中，世纪初20余年的“白银时代”文学如今越来越为人们所重视；在“白银时代”的诗歌创作中，阿克梅诗派的追求及其意义，也似乎正得到逐渐升高的评价；而在阿克梅派诗人中间，曼德尔施塔姆所受到的关注又似乎有超越其他诗人的趋势。帕斯捷尔纳克很早便在写作自传《人与事》（1957）时意识到，他曾长期对包括曼德尔施塔姆在内的4位诗人（另3位是古米廖夫、赫列勃尼科夫、巴格里茨基）的创作“估计不足”；而阿赫马托娃则在她的回忆录片断《关于曼德尔施塔姆》（1963）中，毫无保留地称曼德尔施塔姆为阿克梅诗派的“首席小提琴”。诺贝尔奖评奖委员会主席埃斯普马克在他的《诺贝尔文学奖内幕》一书中，承认没有及时地颁奖给曼德尔施塔姆这样的诗人是一个“遗憾”；[①]1987年诺贝尔奖获得者布罗茨基更是在致答谢词时直截了当地说，曼德尔施塔姆比他更有“资格”站在受奖的位置上。这样的一些评价，能帮助我们对曼德尔施塔姆在文学史上的地位和影响作出某种判断。

①埃斯普克马《诺贝尔文学奖内幕》，李之义译，漓江出版社，1996年，第258页。

再请看一看一些著名的俄国诗人在不同时期对曼德尔施塔姆的评价：

勃洛克谈的是曼德尔施塔姆的早期创作："他的诗来自梦境——一些非常独特的、只会存在于艺术领域之中的梦境。古米廖夫将他的途径定义为：从非理性向理性(与我的途径相反)。"①

古米廖夫则在倡导其阿克梅主义诗学观念时欣然地观察到了曼德尔施塔姆的"建筑感"："这种对有活力的、坚固的一切之挚爱，使曼德尔施塔姆走向了建筑。他之爱建筑物，一如其他诗人之爱山爱海。他详细地描绘建筑物，在它们和自身之间寻找相似，在它们的基础上构建世界的理论。我认为，这是对目前时髦的都市主义理论的一个最成功的态度。"②

茨维塔耶娃发现了曼德尔施塔姆对词的珍重，她在一封致友人的信中写道："词的选择，首先就是情感的选择和净化，但是，不是所有的情感都适用，哦，请您相信，这里同样需要工作。对于词的工作，这就是对于自身的工作。"③

阿赫马托娃则说："曼德尔施塔姆没有师承。这是值得人们思考的。我不知道世界诗坛上还有类似的事实。我们知道普希金和勃洛克的诗歌源头，可是谁能指出这新的神奇的和谐，是从何处传到我们耳际的？这种和谐就是奥西普·曼德尔施塔姆的诗!"④

布罗茨基在为 本英文版的曼德尔施塔姆诗集作序时，写下了一篇题为《文明的孩子》的文章⑤，在文中，布罗茨基对曼德尔施塔姆与文化和文明的关系作了考察：首先，曼德尔施塔姆对世界文化怀抱着深刻的眷念。在流放沃罗涅日期间，曼德尔施塔姆曾被请去出席一次集会，会上有人向他提

---

①《勃洛克八卷集》，第7卷，莫斯科，1963年，第371页。

②见古米廖夫《关于俄国诗歌的书信》，第179页。

③转引自斯图卢威和费里波夫主编《曼德尔施塔姆三卷集》，第1卷，第388页。

④转引自王守仁主编《复活的圣火》，广州出版社，1996年，第77页，引文系乌兰汉先生译文。

⑤布罗茨基《文明的孩子》，刘文飞译，见《世界文学》1996年第1期。

问，什么是阿克梅主义，曼德尔施塔姆回答道："就是对世界文化的眷念。"曼德尔施塔姆关于阿克梅主义所下的这个定义，同时也是他关于诗的定义，甚至是关于他本人的定义。因此，他不是一个一般意义上的"文明人"，"他更是一个献身文明和属于文明的诗人"；其次，曼德尔施塔姆的诗的源头是世界文明，反过来，"他又对赐予他灵感的东西作出了贡献"，他源于文明，是文明的受惠者，同时，他又是文明的创造者，因此，"在本世纪，他或许比任何人都更有资格被称为属于文明的诗人"；最后，曼德尔施塔姆的悲剧性遭遇，似乎也是世界文化之当代命运的一种象征，诗与政治、文学与现代社会、文明与所谓"现代文明"的冲突，在曼德尔施塔姆的身上得到了典型的体现，作为文明的牺牲，他的悲剧也许是不可避免的，所以说，"他的生和他的死，均是这一文明的结果"。

这些大诗人的评价，所处的时代不同，所取的角度也不同，但它们却都注意到了曼德尔施塔姆对"词"与"文化"的关注。也许，正是其创作中所充盈着的文化韵味，正是其作品所体现出的纯粹艺术精神，才使他的文学遗产像漂流瓶中的书信一样给后代读者带来了意外的惊喜？我们也希望藉此，曾被人称为"面向不多的人的诗人"、"面向诗人的诗人"[1]的曼德尔施塔姆，能在今天赢得越来越多的知音。

1996年5月31日于北京

①转引自斯图卢威、费里波夫主编《曼德尔施塔姆三卷集》，第1卷，第379、381页，分别为俄国作家阿达莫维奇和依瓦萨克语。

目　录 *CONTENTS*

自传

文论

书信

附 录

自传

时代的暄嚣

巴甫洛夫斯克[1]的音乐

我清楚地记得俄罗斯那沉闷的时代，即19世纪90年代，记得它缓慢地爬行，它病态的安宁，它深重的土气，——那是一湾静静的死水：一个世纪最后的避难所。我清楚地记得喝早茶时关于德雷弗斯[2]的谈话、上校埃斯特加兹[3]和皮卡尔[4]的名字、关于一部《克莱采奏鸣曲》[5]的朦胧争论，以及开着大玻璃窗的巴甫洛夫斯克车站中高高的乐谱架后面指挥的更换。指挥们的更换，对于我来说，就像是朝代的更替。街角上静静的卖报人，既不喊叫，也不走动，笨拙地呆在人行道上，狭窄的四轮马车上装有一个为第三者准备的折叠小椅，记忆叠加，——在我的印象中，90年代是由这样一些画面构成的，它们是支离破碎的，却因静静的残缺和垂死生活那病态的、注定的简陋而具有了内在的联系。

女士们衣袖上宽大的皱褶，高高耸起的肩部和裹得紧紧的肘部，束缚的蜂腰；唇须，西班牙式的小胡子，精心保养的大胡子：一张张男人的脸庞和一种种男人的发式，如今仅在某一位小理发匠展示各种发型的陈列画中才能看到。

---

①彼得堡郊外的小城，原为沙皇的行宫。

②德雷弗斯是法国总参谋部中的一名犹太族军官，1894年被控为德国间谍，尽管缺乏证据，仍被判终身苦役，这所谓的“德雷弗斯案”引发了一场政治危机。

③埃斯特加兹是向德国间谍出卖情报的真正的叛徒。

④上校皮卡尔是与“德雷弗斯案”有关的人。

⑤托尔斯泰的一部中篇小说，发表于1891年。

三言两语，说说90年代是什么。女士衣袖上的皱褶和巴甫洛夫斯克的音乐；女士们皱褶的圆球和所有其他的东西，都在开着大玻璃窗的巴甫洛夫斯克车站四周旋转，而处于世界之中心的，则是指挥加尔金。[①]

在90年代中期，整个彼得堡都很向往巴甫洛夫斯克，就像向往某一片乐土。机车的汽笛和铁道的响声与1812年序曲那爱国主义的强音混合在一起，在被柴科夫斯基和鲁宾施坦所统治的巨大车站里，有一种特殊的气息。长了霉的公园那潮湿的空气，腐烂的温床的味道和温床上的玫瑰的味道，与这味道相逢的，是小吃部浓浓的油烟、刺鼻的雪茄、车站上的煤渣和数千人的化妆品。

结果是，我们成了巴甫洛夫斯克的流浪汉，也就是说，全年都住在冬天的别墅里，住在这座老太婆一般的城镇里，这座俄国的半凡尔赛宫里，这是一座宫廷侍卫、四等文官寡妇、红头发的警察官和患结核病的教师（住在巴甫洛夫斯克被认为更有利于健康）们的城市，这是一座因受贿而购得私人别墅的受贿者的城市。哦，在这些年中，菲格尔[②]失了声，当时流传着他的一张复合照片：照片的半部是他在歌唱，而在照片的另半部，他则在捂着耳朵；那时，《田地》、《世界处女地》[③]和《外国文学导报》[④]杂志，被精心地装订起来，压弯了书架和铺着绿呢面的小桌子，长期构成市民图书室中的基本收藏。

如今已没有这类装订成册的奇奇怪怪的科技百科全书了。然而，这些《世界全景》和《处女地》是认知世界的真正的源泉。我喜欢这关于驼鸟蛋、双头小牛犊、孟买和加尔各答之节日的“大拼盘”，尤其喜欢那些整

①尼古拉·加尔金（1890—1906），1892—1903年间任巴甫洛夫斯克的指挥，1894年起任亚历山大剧院指挥。

②尼古拉·菲格尔（1857—1918），俄国男高音歌唱家、马利亚剧院的演员，曾首演柴科夫斯基的歌剧《黑桃皇后》中的赫尔曼一角。

③查无此杂志，可能系指周刊《世界插图》或双周刊《处女地》。

④《外国文学导报》是1881—1916年间在彼得堡出版的一份杂志。

张纸大的图画：被缚在木板上、在约三层楼高的波浪间穿行的马来泳者，福科先生那隐秘的试验——一颗金属球和一个在球的四周摆动的大摆锤[①]，周围挤着一些戴着领带、蓄着胡须的神情严肃的先生们。我觉得，成人们也和我读着同样的东西，也就是说，他们所阅读的也主要是些说明性的文字，是那种派生出了《田地》的说明等等的无边际的文字。我们的兴趣从总体上来说是一致的，因此，我在七八岁时就达到了时代的水平。我越来越经常地听到fin de siècle、即“世纪之末”的说法，常有人带着轻浮的自豪和卖弄的忧郁重复着这一字眼。似乎，在替德雷弗斯平了反、与鬼岛[②]结了账之后，这个可怕的世纪便失去了其意义。

我有一个印象，男人们都对德雷弗斯案非常地醉心，不分白天黑夜，而女人们，即衣袖上带有皱褶的女士们，却在不停地雇用、辞退女佣，这类事情为那种愉快、活跃的谈话提供了不尽的源泉。

在涅瓦大街上，在叶卡捷琳娜大教堂里，住着一位可敬的老人——p è re[③]拉格朗日。这位神父大人的职责，就是把一些贫穷、年轻的法国姑娘介绍到体面人家去做孩子的保姆。太太们在商场买了东西后，直接来到p è re拉格朗日处听取建议。衰老的他走出门来，身穿粗布长袍，用添加了法国式机智的温柔的天主教笑话，和气地与温柔的教子们开着玩笑。太太们对p è re拉格朗日的推荐评价很高。

一家有名的厨师、保姆和家庭教师介绍所坐落在弗拉基米尔街上，我常被大人带到那里去，这介绍所像一个真正的奴隶市场。人们排着队等待机会。太太们嗅着他们，索要推荐信。一位完全陌生的太太的推荐信，尤其是一位将军夫人的推荐信，被认为是有足够分量的；时而也会发生这样

①可能指的是法国科学家福科（1819—1868），他于1851年完成摆锤试验（即所谓的福科摆）。

②鬼岛是德雷弗斯服苦役的地方。

③法文：“神父”。

的事情，一位愿意受雇的人，在细看了女买主一眼之后，却劈面向女买主哼了一声，转身而去。这时，这种奴隶贸易的中间人就会跑过来，一边道歉，一边谈论道德的堕落。

我又一次环顾巴甫洛夫斯克，于清晨走在条条小路上和车站的镶木地板上，在这车站的地板上，夜里常会堆起半寸厚的彩纸屑和彩纸条，这是那种被称之为“纪念演出”的风暴所留下的痕迹。煤油灯变成了电灯。在彼得堡的街道上，还有有轨马车在奔跑，还踉跄着堂·吉诃德式的驽马。在戈罗霍夫街和亚历山大花园之间，行走着“四轮轿式小马车”，这是彼得堡载客马车中最古老的一种；只是在涅瓦大街上，才有一些崭新的、黄色的有轨驿车，它们响着铃铛，由高头骏马拉着，与那些肮脏的红色马车迥然不同。

孩童的帝国主义

一位衰老得生出青苔的近卫兵，总要绕着国务会议大厦对面的尼古拉一世骑在马上的纪念碑走上几圈，冬天和夏天都戴着一顶帽檐压得很低的毛茸茸的羊皮帽。这帽子像是主教的法冠，其大小几乎等同于一只整羊。

我们这些孩子们，与衰老的卫兵交谈起来。他使我们很失望，因为他并不像我们所想象的那样，是1812年的兵。然而，他说这些老人是尼古拉时期军中的最后一批卫兵，一个连里，这样的老兵只有五六个了。

自滨河路一侧进入夏花园的入口处，有一排栅栏和一座小教堂，入口与工程要塞相对；由一些挂着勋章的卫兵看守。他们得决定一个人的穿着是否得体，他们要赶开穿俄式长靴的人，也不放戴便帽和穿市民服装的人进园。孩子们在夏花园里是非常规矩的。在悄悄地与家庭教师或保姆说了几句话后，某个光着腿的女孩会走近长椅，行个礼，或是坐下来，然后细声细气地问道："女孩子（或称'男孩子'，这是正式的称呼），您想玩'金门'游戏或者'救命棒'的游戏吗?"

可以想见，在这样的开端之后，会有怎样一场愉快的游戏。我却从未做过这种游戏，这样的相识方式使我感到太生硬了。

其结果，我最初的彼得堡的童年，是在真正的军国主义的标志下度过的。但说实话，这并不是我的错，而是我的保姆和当时的彼得堡街道的过错。

我们常沿海洋大街散步到其荒凉的地段，那儿有一座红色的路德教教堂和铺着木板的莫伊卡滨河道。

我们不知不觉地走进了克留科夫运河，这荷兰式的彼得堡布满了造船台和带有海洋之象征的海神的拱门，我们走近了近卫军部队的营房。

在这里，在这条绿色的、从无车马通行的马路上，海军近卫兵在接受训练，铜鼓和大鼓震动着运河中静静的流水。我很喜欢对人的这种身体上的选择：所有士兵的身材都比一般的人高大。保姆完全赞同我的趣味。于是，我们看中了一位“黑胡子的”水兵，常跑来看他，一在队列里发现了他，就一直目不转睛地盯着他，直到操练结束。就是现在，我仍能毫不犹豫地说，七八岁时，彼得堡的整个地界，这些花岗石的和木质的街道，城市的这个温柔的心脏，及其广场上，及其树木葱茏的花园，立满纪念碑的岛屿，艾尔米塔什的雕像石柱和隐秘的米里翁娜街（这里从无行人，众多的大理石之间总共只有一家杂货铺），尤其是参谋总部的拱门、参政院广场和荷兰式的彼得堡，总使我感到有着某种神圣和喜庆。

我不知道，少年罗马人的想象是以什么覆盖他们的卡庇托林[①]的，我则是以某种不可思议的、理想的普遍军事盛典来覆盖这些要塞和广场的。

具有典型意义的是，尽管喀山大教堂的穹顶上有着迷蒙的烟雾，有着密林般的破烂旗帜，我们还是一点也不相信它。

这也是一个非同寻常的地方，但关于它后面再谈。石头柱廊的铁基和带有链条的宽宽的人行道，是为暴动而修建的，在我的想象中，这个地方和马尔索沃教场[②]上的五月阅兵同样地有趣、重要。天气将会怎么样？会取消吗？今年会有阅兵吗？……但是，各种招牌已经挂满了夏渠两岸，木工已经在马尔索沃教场上敲敲打打了；座座讲坛已小山似的膨胀起来，示范性演习的尘土已经腾起，按线站好的步兵已经在挥动手旗。这座讲坛在三天内建成。其装修的迅速，使我感到是个奇迹，其大小也像大斗兽场一样令我叹服。每天我都要光顾工地，欣赏工程的平稳进展，在台阶上奔

①卡庇托林，罗马城发源地的七丘之一，其上的卡庇托林神殿，是元老院和民众大会的聚会场所。

②马尔索沃教场，彼得堡的一个广场，广场上有姆腊莫尔内宫、夏花园和米哈伊洛夫斯基公园等，19世纪为阅兵场。

跑，站在露天舞台上，感到自己就是明天宏大场面的参加者，对那些定能见到阅兵式的招牌，我甚至也会感到嫉妒。

如果能不为人察觉地藏在夏花园里该多好!而那儿是上百支乐队的混合体，是一片抽出刺刀麦穗的田野，一片步兵和骑兵队伍的间作耕地，那里似乎不是站立着团队，而是生长着荞麦、黑麦、燕麦和大麦。各团队之间，循着内在的小道在进行着一种隐秘的运动。还有，那一把把银色的军号，那各种喊声和鼓声的巴比伦①……如果能看见骑兵队该有多好!

我一直觉得，在彼得堡一定会发生一些非常豪华、非常庄严的事件。

当继承人葬礼时的灯笼蒙着黑纱，系着黑带，我便感到非常高兴。亚历山大圆柱边的军岗、将军们的葬礼和“通行”，都是我每天的消遣。

沙皇及其一家路过街道，在当时被称为“通行”。我很高兴学会了弄清这些事情。在阿尼奇科夫桥旁，站满了宫廷警察，就像是些长胡子的红色蟑螂：“没什么情况，先生，请通过。请多原谅……”然而，清洁工已经用工箱撒着黄沙，警察的唇须上已抹了须膏，卡拉万娜娅街或科纽申娜娅街上也布满了警察，像撒下了一把豌豆。

我喜欢用大堆的询问去苦恼警察，问什么人要经过，什么时候经过。对这些问题警察从来不敢回答。应该说，一辆灯笼上饰有金色小鸟的带有徽章的马车或一辆英国式马拉雪橇的通过，总是会令我失望的。然而，“通行”的游戏还是使我感到相当有趣的。

彼得堡的街道在我心中激起了对景色的渴望，城市的建筑本身，赋予了我某种孩童的帝国主义。我热衷于近卫骑兵的甲胄、近卫重骑兵的罗马式头盔和普列奥布拉任斯基军乐团的银号，除了五月的阅兵，我心爱的享受就是圣母领报节②近卫骑兵团队的欢庆。

我同样记得“奥斯利亚比亚号”装甲舰的下水，它就像一只巨大而奇

①古代巴比伦人欲建一通天高塔，上帝闻之，使其语言混乱，塔终不得建成；此处的“巴比伦”借指多种声音的混合体。

②东正教的十二大节之一，在俄历的3月25日，公历的4月7日。

怪的海虫爬进了水中，我还记得那高举的吊车和船台的两侧。

所有这些穷兵黩武，甚至是某种警察的美学，能使某个军长的儿子靠近相应的家庭传统，却与一个中等市民家庭的厨房、与父亲那散发着各种皮革气味的办公室、与犹太人的事务性交谈格格不入。

暴动和法国姑娘们

大学生们在喀山教堂前举行暴动的日期，事先就被人们知道了。在每个家庭中，都有着一个传递消息的大学生。其结果，前来这里并隔着老远观看这些暴动的，是大群的公众：孩子和保姆，无法让自家的暴动者留在家中的妈妈和姨妈们，年老的官吏和各种各样游手好闲的人。在预定举行暴动的那一天，涅瓦大街的人行道挤满了密密麻麻的观者，从花园街直到阿尼奇科夫桥。警察被藏在各个院落里，例如，叶卡捷琳娜大教堂的院子里就藏有警察。喀山广场上则相对空旷些，只有一小群一小群的大学生和真正的工人，而且，那些工人还很让人们感到稀奇。突然，在喀山广场的另一边响起了一阵拉长的声音，这声音越来越大，有些像不停顿的“呜”、“唉”声，这声音又转变成了可怕的呼号，越来越近。这时，观者急忙退向一旁，马匹推搡着人群。“哥萨克，哥萨克。”——一道闪电掠过，比哥萨克的飞驰还要迅速。“暴动”被包围了，被带向驯马场，涅瓦大街空旷了，像是被扫帚清扫过。

街道上脸色阴沉的人群，是我有意识的、明晰的最初知觉。我当时整整三岁。那是1894年，我被从巴甫罗夫斯克带到了彼得堡。大人们是打算去看亚历山大三世的葬礼。在涅瓦大街上，像是在尼古拉耶夫街的对面，家人在一幢陈设齐全的楼房里租了一个房间，是在四楼上。还在暴动的前一天晚上，我就爬上了窗台，我看到：街道上满是黑压压的人群；我问道：“他们什么时候走?”家人回答：“明天。”尤其使我感到吃惊的是，这些人群通宵达旦地留在街道上。甚至连死亡，也以完全非自然的华丽、喜庆的形式第一次出现在我的面前。一次，我与我的保姆和妈妈一起走在莫伊卡街上，路经意大利使馆那幢巧克力色的大楼。突然，那儿的几扇门打开了，让所有的人自由进入，门里飘出了松香、神香和某种香甜、好闻的味道。黑色的天鹅绒遮蔽着入口和墙壁。入口和墙壁上饰有白银和热带植物；一具涂了防腐剂的意大利使节的尸体，高高地躺在那里。所有这一切与我有什么相干？我不知道，但这却是一些强烈、明亮的印象，这些印象我一直珍藏到今天。

城市的日常生活是贫乏、单调的。每天五点左右，都要在海洋大道上散步，从戈罗霍夫街直到总参谋部的拱门。城里所有盛装艳抹、打扮入时的人，都在人行道上缓慢地来回行走着，不断地相互鞠躬，相视而笑，还有马刺的声响，法语和英语的说话声，英国商店和赛马俱乐部生动的陈列。保姆和家庭教师们，那些年轻的法国姑娘们，也常带孩子们来此：她们叹息着，将此处与爱丽舍大街作着比较。

家人为我雇了好些个法国姑娘，她们的相貌相互混在了一起，汇成了一幅共同的肖像。我认为，所有这些法国姑娘和瑞士姑娘在歌唱、书法、文选和语法方面自己也像孩子一样幼稚。在因那些文选而脱臼的世界观的中心，站立着的是伟大帝王拿破仑的身影和1812年的战争，接下来便是圣女贞德（而且，一位瑞士姑娘还是个加尔文宗信徒[①]），因此，无论好奇的我怎样努力，向她们打听有关法国的情况，我都没有获得成功，仅仅听她们说，法国是美丽的。在法国姑娘那里，大量、快速的说话艺术最被看重，而在瑞士姑娘那里，被看重的则是对歌曲的了解。其中有一首拿手的歌叫《马尔勃鲁克之歌》。这些贫穷的姑娘们充满着对伟人的崇拜：她们崇拜的人有雨果、拉马丁、拿破仑和莫里哀……每逢礼拜天，就放她们的假，让她们去听弥撒，她们不应该认识任何人。

---

①加尔文宗是基督教新教学说的一种，16世纪发端于瑞士，由法国人加尔文倡导，后流行于法、英等国。

在法兰西岛[1]的一个地方：葡萄酒桶，白色的道路，杨树，一个酿酒师和几个女儿一同去见住在鲁昂的奶奶。待他归来，一切都被“scelle”[2]了，榨汁机和木桶被封了，房门和地窖上也是漆封。当家的想瞒下几桶该交税的新酒。他被揭穿了。全家破产了。一笔巨大的罚款，——结果，法国严格的法律给我送来了一位女教师。

近卫军的节日，步兵队伍和马匹那单调的美，那板着石头般的面孔、在因花岗石和大理石而显苍白的米里翁娜大街上噼啪前行的连队，与我又有什么相干？

彼得堡匀称的全幅蜃景，都只是一场梦，一个蒙在深渊上的辉煌的面罩，四周却绵延着犹太式的混乱，没有故乡，不是家园，而只有混乱，一个陌生的、还在腹中的世界，我来自那个世界，我恐惧它，我朦胧地猜透了它，我在逃避，一直在逃避。

犹太式的混乱挤进了一户彼得堡石质住宅中所有的缝隙，其表现为：倾塌的威胁，房间里一位外省客人的帽子，扔在尘封的书柜上、被压在歌德和席勒之下的一本没读完的《创世纪》中的批划，一小片黑黄色的宗教仪式的残片。

一个强壮的、脸色红润的俄国年头在日历上滚动，带着染了色的彩蛋、枞树、芬兰小铁马、十二月、谷扇和别墅。可是，幽灵却在这里糊涂了，——九月里的新年和没有欢乐的奇异节日，这些节日那奇怪的名称会使听觉难受：“罗什-加沙那”[3]和“约姆-基普尔”[4]。

①法国旧地名，指包括巴黎在内的近两万平方公里的地区。

②法文：“封印，封条”。

③“新年”的犹太语名称。

④“宽恕节”的犹太语名称。

书　柜

就像一粒麝香粉的气味充满整个房屋，犹太教最细小的影响充斥着整整一生。哦，这是一种多么强烈的气味啊!难道我看不出来，当今的犹太家庭中所散发着的气味，与雅利安人家庭中的气味是有所不同的。这不仅是厨房的气味，而且还有人、物和衣服的气味。我至今仍记得，在德国式的里加，在爷爷和奶奶那里，在克留切夫街上的那幢木质房屋中，这样一种甜腻的犹太人气味曾怎样笼罩着我。家中父亲的办公室，与我和谐漫步的花岗石天堂已不相像，它已将人领向一个陌生的世界，其总体的陈设和全部的物件，在我的意识中交织成了一个紧紧的结。首先，是那把手工制作的橡木圈椅，弧形的扶手上刻着把三弦琴、一只手套和一句题辞："宁静致远"，——一件亚历山大二世时的伪俄罗斯风格的作品；随后，是一把土耳其式长沙发，沙发上摆满了账本，在那些香烟纸的账本页上，写满了细小的哥特式的德语商务字体。起先我认为，父亲的工作就是摇动复印机器，把他的香烟字体印刷出来。至今，我仍能感觉到重轭和劳作的气味，——充斥着所有地方的鞣革的气味，摊在地板上的羊小腿皮，像手指一样鲜软的麂皮——所有这些，和那张镶有大理石台历的市民家的写字台一起，都漂浮在烟草的浓雾中，都被皮革的气味熏陶着。而在这商业房间那干硬的陈设中，却有一个挂着绿绸布罩帘的玻璃门书柜。我想来谈谈这座书库。幼年的书柜，是一个人终生的伴侣。书柜各层的分配、书籍的收藏和书脊的颜色，都会被视为世界出版物自身的颜色、高度和分配。因此，没有被摆进第一个书柜中的那些书籍，就永远无法挤进世界的出版物中去，也就无法挤进宇宙。无论是情愿还是不情愿，第一个书柜中的每一本书都是经典的，任何一个书脊都不会被删除。

这是一个奇异的小型的图书收藏，它就像地质层理一样，不是数十年间偶然沉积而成的。父系的收藏和母系的收藏在其中没有相互混淆，而是各自独在的，从它自己的角度来看，这个小书柜就是整整一个家族精神追求的历史，就是他人的血缘向这一家族嫁接的历史。

我记得书柜的底层总是混乱的：书籍不是书脊靠着书脊站立在那里，而是如废墟一般躺卧着。硬书皮已与内瓤分了家的棕红色的《五经》[①]，一部俄文版的犹太史，它是由一位说俄语的犹太教专家用笨拙、胆怯的语言写成的。这便是被扔至灰尘之中的混乱的犹太文书籍。我的古犹太文识字课本很快也被扔到了这里，这本识字课本我最终也没能学完。由于民族悔过精神的发作，家人为我请了一位真正的犹太文老师。他自他的商业街前来上课，连帽子也不摘，这使我感到不舒服。地道的俄国话听起来像是伪装的。带插图的犹太文识字课本上画着各种各样的画，有抱着小猫的，有拿着书本的，有提着木桶的，有端着水壶的，但其中的人物都一直是一个男孩，他头戴一顶帽子，脸色非常忧郁，非常成人化。在这个男孩身上我没有认出我自己来，我奋起抵抗着书籍和科学。在这位教师的身上，有一个虽然表现得不自然、然而却是令人吃惊的感情，即犹太民族的自豪感。他谈起犹太人，就如同一位法国女人在谈论雨果和拿破仑。可是我知道，在他走到大街上去的时候，他就会藏起自己的自豪，因此，我并不相信他。

在这片犹太废墟之上，开始了一行书籍的队列，这是些德国人席勒，歌德，克尔纳[②]，连莎士比亚也是德文版的，这是些莱比锡和杜宾根出版的旧版本，深红色压纹硬书皮上印着罐子和小矮人，带有一个面向少年们敏锐视力的小印记，带有一些颇具古希腊罗马风格的柔和的木刻画：长发

①指摩西五经，即《圣经·旧约》的头五篇。

②克尔纳（1791—1813），德国诗人。

纷披的女人屈伸着手臂，油灯被画得像星星，额头高耸的骑士，尾花中的葡萄串。这是父亲通过自学从犹太教的密林步入了日耳曼的世界。

再上面，站立的是母亲的俄文书籍——伊萨科夫[①]于1876年出版的普希金著作。我至今仍认为，这是一个出色的版本，较之于科学院版本的《普希金全集》，我更喜欢伊萨科夫的这一套。在这套书中，没有任何多余的东西，字母排得很匀称，诗行自由地流动着，理性的、准确的年代像统帅一样引导着它们，直到1837年。[②]普希金的色彩？任何一种色彩都是偶然的，有哪一种色彩能适合于口语的潺潺？啊，兰波那白痴般的彩色识字课本[③]？……

我的伊萨科夫版的普希金身着没有任何色彩的外衣，套着学校课本那样的粗布硬封，深褐色的外皮已经褪色，带有沙土的颜色；他既不怕污点也不怕墨水，既不怕火烫也不怕油浸。四分之一个世纪里，深暗的沙土色外衣一直在深情地吸收着，——我母亲的普希金那粗布面的精神之美，那几乎是肉体上的优雅，被我非常清晰地感受到了。那上面有一行红色墨水的题辞："奖给一位学习勤奋的三年级女生。"与伊萨科夫的普希金相关的，还有一段故事，这故事是关于几个面带肺痨病的红晕、穿着破鞋充满幻想的男女教师和一些女学生的：维尔诺[④]的80年代。母亲，尤其是外祖母，常以骄傲的神情吐出"知识分子"一词。莱蒙托夫的封皮是蓝绿色的，具有某种军人性质，他的骠骑兵经历不是白白度过的。我从未感觉到他是普希金的兄弟或亲戚。我却认为歌德和席勒是双胞胎。在这里，我辨别出了差异，有意识地作了区分。须知，在1837年之后，血液和诗句都在以另一种方式鸣响了。

---

①雅科夫·伊萨科夫（1811—1881），俄国出版商，于19世纪70年代出版《普希金全集》。

②普希金逝世于1837年。

③指法国诗人兰波的十四行诗《母音》（1883），此诗以形、色、音、味等的互相应和而著称。

④维尔纽斯1939年前的旧称。

而屠格涅夫和陀思妥耶夫斯基又是什么呢？他们是《田地》的附录。他们的外貌兄弟般的一致。硬纸板的封皮，蒙着一层薄皮。在陀思妥耶夫斯基处躺着一个像墓碑一样的禁忌，人们于是说他“沉重”；屠格涅夫则是完全明白、公开的，带有巴登-巴登、“春潮”和慵懒的交谈。但是我已知道，这种屠格涅夫式的安宁生活，已经不存在了，在任何地方都不会有了。

你们想得到时代的钥匙吗？你们是否想读一本被触摸得滚烫的书籍，一本无论如何也不想死去、像活物一样躺在90年代狭小棺木中的书籍，一本其书页或由于阅读、或由于别墅长椅上的日晒而提前发黄的书籍，一本其第一页就使一位梳着灵感发型的少年所具的那些特征、那些构成圣像的特征显露无遗的书籍？望着少年纳德松①的脸庞，我因这些特征同时具有的真正的热烈和全然的呆滞、近乎死板的简朴而感到吃惊。整本书不就是这样的吗？时代不就是这样的吗？把他送到尼斯去，让他看看地中海，他还是会唱着自己的理想和苦难的一代，——他只会添加上一只海鸥和一道浪峰。请别去嘲笑纳德松气质，这是一个俄罗斯文化的谜，实际上，它的声音是难以理解的，因为我们不理解他们理解了什么，我们听不到他们听到了什么。他是谁，这个带有一个永恒少年无表情特征的死板的僧侣，这个青年学生们、亦即数十年间的民族精华们所崇拜的、富有灵感的偶像，这个学校晚会上的先知，他是谁？多少次了，我虽知道纳德松很糟，却仍读完了他的书，努力想听到他的声音，像一代人对他的倾听一样，抛弃了当今的诗的高傲和因这位少年对过去的无知而生的遗憾。在这里，纳德松的日记和书信帮了我的大忙：自始至终，文学的农忙期，蜡烛，鼓掌，热情洋溢的脸庞：一代人围成的圆圈，中间是祭坛——一张摆着一杯水的朗诵者的小桌。就像滚烫的玻璃灯罩下夏日的昆虫，整整一代人都在文学节日的火焰中被烫伤了，烤焦了，戴着隐喻的玫瑰花环，而且，聚会者还具

①纳德松(1862—1887)，俄国诗人。

有崇拜的性格和牺牲自己为一代人赎罪的性格。来到此处的，是那愿分担一代人的命运直至死亡的人，那些高傲的人则留在了丘特切夫[①]和费特[②]一边。实际上，整个庞大的俄国文学都在摆脱这患肺痨病的一代及其理想和保护神。给这一代人留下的是什么？——一些纸玫瑰、学校晚会上的蜡烛和鲁宾施坦的船夫曲。维尔诺的80年代，如母亲所转述的那样。到处都是一个样：16岁的女孩在尝试着阅读斯图尔特·穆勒[③]，明朗的个性和毫无表情的特征十分显眼，她们频繁地踩着踏板，僵硬地弹着piano[④]，在公开的晚会上演奏狮子安东[⑤]的新作品。而实际上，发生的却是这样的事情：与巴克尔[⑥]、鲁宾施坦一起的知识分子，他们为明朗的、在神圣的变态中辨认不出道路的个性所统领，明确地转向了自焚。就像高高的、涂了焦油的火炬，民意党人与索菲娅·佩罗夫斯卡娅[⑦]和热里亚鲍夫[⑧]一起面向全民地燃烧着，而所有这些，整个外省的俄罗斯和所有的“青年学生”，都在同情地阴燃着，——连一小片绿叶也不可能留下。

多么平淡的生活，多么贫乏的书信，多么不可笑的笑话和讽刺！家人给我看了家庭纪念册中舅舅米沙的一张银版照片，照片上是一个浮肿的、面有病态的忧郁症患者，家人对我说，他不仅仅是疯了，而且，照那一代人的说法，是“燃尽了”。人们在谈到迦尔洵[⑨]时也说了同样的话，众多的

---

①丘特切夫（1803—1873），俄国诗人。

②费特（1820—1892），俄国诗人。

③穆勒（1806—1873），英国哲学家，英国实证论的首创者。

④法文“钢琴”。

⑤即安东·鲁宾施坦。

⑥巴克尔（1821—1862），英国历史学家、实证论社会学家。

⑦佩罗夫斯卡娅（1853—1881），俄国民意党人，参与刺杀亚历山大二世，后在彼得堡被处绞刑。

⑧热里亚鲍夫（1851—1881），俄国民意党人，参与刺杀亚历山大二世，与佩罗夫斯卡娅一同在彼得堡遇难。

⑨迦尔洵（1855—1888），俄国作家。

灭亡汇成了同一种宗教仪式。

谢苗·阿法纳西伊奇·温格罗夫[1]是我的一位母系亲戚（一个维尔诺家庭和中学生活的回忆），他不理解俄国文学中的任何东西，他为完成工作而研究着普希金，但他理解“这一点”。在他那里，“这一点”就叫做：关于俄国文学的英雄主义特征。当他走出卡片柜似的住宅，胳膊上挎着上了年纪的妻子，在城外街上缓缓地漫步，捋着蚂蚁般浓密的胡须得意地微笑着，在这个时候，带着自己那英雄主义特征的他是很美妙的!

①温格罗夫（1855—1920），俄国文学史家、目录学家。

芬 兰

蒙着绿色帘子的红色书柜和刻着“宁静致远”题辞的圈椅，常常被从一处住宅搬向另一处住宅。它们曾站立在马克西米里安诺夫胡同，从那儿，在箭头形的升天节教堂的末端，能看见骑在马上的尼古拉[①]；它们在军官街呆过，离《献身于沙皇》不远[②]，在埃列尔斯鲜花店的上方；它们还在城外街上呆过。冬季，圣诞节期间，是芬兰，是维堡，而别墅则是泰里约基[③]。在泰里约基，有沙滩，有刺柏，有木头小桥，有狗棚式的更衣间，其上刻满了心形图案和记录游泳次数的刻痕，有一个心地与彼得堡人很相近的当地人一样的异族人，一个冷漠的芬兰人，他是人民之家小草坪上的柳枝篝火和狗熊舞蹈的爱好者，他满脸胡须，眼睛发绿，像勃洛克关于他所说的那样。革命前的彼得堡，从弗拉基米尔·索洛维约夫[④]到勃洛克，一直散发着一种芬兰气息，它撒着芬兰的沙粒，将轻盈的芬兰雪花抹在花岗石的前额上，在沉沉的睡梦中倾听着矮小的芬兰马驹脖子上的铃铛。我一直朦胧地感觉到，芬兰对于一个彼得堡人具有一种很特别的意义，人们来到此地思考那些在彼得堡无法思考的问题，把低低的飘雪的天空拉至齐眉处，在罐中的水结成了冰的小旅馆中渐渐入睡。我爱这样的国度，其中所有的女人都是无可挑剔的洗衣工，而车夫则像是议员。

---

①指彼得堡马林斯基广场上尼古拉一世的纪念雕像。

②指彼得堡剧院广场上的马林剧院，该剧院的演季常以格林卡的歌剧《献身于沙皇》为开篇。

③俄国城市，滨临芬兰湾，现名泽列诺戈尔斯克。

④弗拉基米尔·索洛维约夫（1853—1900），俄国哲学家，诗人。

泰里约基的夏天，是孩子们的节日。你回想一下，就会觉得这有多么地荒唐!年幼的普通中学学生和武备中学学生穿着紧身的茄克，逢迎着成年的姑娘，跳着90年代各种花样的沙龙舞，有节制地、平庸地运动着。然后是游戏：袋中跑和托蛋跑，就是将两腿捆在口袋中跑步，或托着装有生鸡蛋的木勺跑步。一头母牛总在起劲地玩着抽彩游戏。这可真让法国姑娘们感到开心啊!只有在这里，她们才像天上的小鸟一样叽叽喳喳叫个不停，心灵也变得年轻了，而孩子们则在奇异的游戏中玩得晕头转向。

我们去了维堡，去当地一个老住户的家，沙里科夫一家是维堡的商人，他们曾是尼古拉的犹太士兵，离开部队后，他们依据芬兰的法律定居在了还没有犹太人的芬兰。沙里科夫一家，按芬兰话的说法叫“沙里克一家”，开了一个很大的杂货铺：“Sekka tawaaran kauppa”，那店里散发着焦油、皮革和面包的味道，散发着一种独特的芬兰店铺的味道，还有许多的钉子和米。沙里科夫一家住在一幢摆有橡木家具的结实的木屋里。主人尤因那个与伊凡雷帝的历史有关的雕花餐橱而感到骄傲。他们吃饭吃得如此之多，以致于在饭后竟站不起身来。父亲沙里科夫胖得流油，像个菩萨，说话带有芬兰口音。一个皮肤黑黑的、不好看的女儿，坐在柜台后面，而另外三个漂亮的女儿，却相继随当地驻军中的军官跑了。屋子里散发着烟草和钱币的味道。女主人不识字，是个善良的妇人，来客则是一些喜欢潘趣酒和漂亮雪橇的军人，他们全都是些彻头彻尾的牌迷。在暗淡的彼得堡之后，这坚实的、橡树的家庭使我感到高兴。无论是情愿还是不情愿，我已深深地陷在胸脯高耸的维堡美女们冬天所卖弄的寒冷风情之中了。在出售香草饼干和巧克力糖的法采尔糖果店里，蓝色的窗户外是雪橇的吱轧和铃铛的奔走……从轻便的、狭小的雪橇里直接钻进香甜的芬兰咖啡馆温暖的热气中，我目睹了一位绝望的小姐和一位中尉军人不体面的争吵，不知他是否戴着束腰，可我记得，他在对天起誓，并提议透过军服摸摸他的两肋。急速的雪橇，潘趣酒，纸牌，纸板模型的瑞典要塞，瑞典话，军乐，——维堡的陶醉像一星蓝色的潘趣酒火光一样渐渐熄灭。后来曾在其中召开过第一届杜马会议的望楼旅馆[①]，以清洁而著称，凉爽的床单像白雪一般耀眼。这里什么都有，——异国的情调和瑞典式的舒适。一座固执、狡猾的小城，它有着咖啡磨、摇椅、毛线地毯和每个床头都会摆放着的圣经诗，——它背负着俄国军事统治的重轭，像是上帝的鞭子；但是，在每座房子里，都挂着一幅镶着黑框的画像：一位没戴头饰的芬兰姑娘，她的上方立着一只神情严肃的双头鹰，它盛怒地把一本书按在胸口，书上有一题辞："Lex"，即"法律"。

①俄国国家杜马是根据1905年10月17日的宣言成立的立法机构，第一届国家杜马于1906年7月被解散后，议员们在维堡聚会，通过了告人民书。

犹太式的混乱

一次，一个完全陌生的女人来到了我们家，她是一个40岁上下的姑娘，头戴一顶红帽，生着一个尖尖的下巴和一双凶狠的黑眼睛。她称她来自小城沙夫里，她要求将她嫁到彼得堡去。在她还没有被打发走之前，她在家里住了一个星期。偶尔会出现一些流浪的作者：一些蓄大胡须、穿长襟衫的人，他们是些犹太教的哲学家，是些沿街兜售其印制出的格言和警句的小贩。他们留下署了名的书册，抱怨着凶恶妻子的跟踪。一生中有过一两次，我被带进了犹太教堂，就像是去听音乐会，做了长时间的准备，就差没从票贩子们的手里买票了；我所看到、听到的一切，使我在归途中陷入了深深的迷惘。彼得堡有一处犹太人居住区：它恰好始自马利亚剧院的后面，在那里，常有票贩子在受冻，躲在革命时被焚毁的立陶宛要塞狱墙的墙角里。在那儿的市场里，可以看到一些画着公牛和母牛的犹太文招牌，一些假发从头巾里露了出来的女人，以及一些穿着拖地长衫蹒跚而行、见多识广而又慈眉善目的老人。带有圆锥形帽顶和葱头形圆球的犹太教堂，像一棵来自异域的华丽的无花果树，却被淹没在众多丑陋的建筑之中。饰有绒球的天鹅绒软帽，疲惫不堪的教堂职员和歌队成员，一座座能插七只蜡烛的烛台，高高的天鹅绒法冠。犹太人的航船，带着响亮的低音合唱，带着动人的童声，在全速地航行，被一场古老的风暴劈成男女两半。我在女声合唱中迷了路，我像贼一样钻了过去，藏在桁梁的后面。唱诗班班长像力士参孙一样，摧毁了狮子的房屋，前来回答他的是天鹅绒法冠，于是，元音和辅音之间一种奇异的平衡，用准确表达出的字眼，使赞美歌具有了一种难以被摧毁的力量。但是，怎样的屈辱啊，宗教仪式主持者那虽通顺却恶劣的话语；当他说出“皇帝陛下”时，是多么庸俗啊；他说出的一切，又都是多么庸俗啊!突然，两个头戴礼帽、衣着华丽、炫耀着富有的先生，以上流人那种优雅的举止，步出人群，抚摸着那本厚重的书，肩负着众人的信任和委托，替众人完成了那最可敬、最重要的事。“这人是谁?”“是金兹堡男爵[1]。”“另一位呢?”“是瓦尔沙夫斯基[2]。”

童年时，我从未听到过行话，只是后来，我才听够了这种歌唱式的、永远使人吃惊或失望的、在半音上带有强重音的疑问式话语。父亲的话语和母亲的话语，我们的语言不是终生都在汲取着这两者的融合吗？不正是这两者造就了我们语言的特性吗？母亲的话语，是明晰、响亮的大俄罗斯文学话语，没有一丝异族的掺杂物。带有有些拉长、过于暴露的元音；这一话语的词汇贫乏、简短，惯用语也很单调，但是，这种语言却包含着某种根本性的、确信无疑的东西。母亲很爱说话，很为因知识分子的生活习惯而变得贫乏的大俄罗斯口语的词根和发音而感到高兴。家族之中，不正是她第一个掌握了纯正、明晰的俄语发音吗？父亲则完全没有一种语言。这是一种口齿不清和失语症。一个波兰犹太人的俄语？——不是。一个德国犹太人的语言？——也不是。也许，是一种特殊的库尔兰[3]口音？——那样的口音我没听到过。一种完全抽象的、深思熟虑的语言，一种自学而成的过于华丽、富有技巧的话语，在那里，通常的字眼与赫尔德[4]、莱布尼茨[5]和斯宾诺莎等人古老的哲学术语结合在一起，一个研究犹太教的书呆子的古怪句法，一种做作的、不是总能说到底的句子，——这样一种东西随便算做什么都可以，却不是一种语言，无论是用俄语还是用德语道

①戈拉齐·金兹堡（1833—1909），银行家，慈善事业活动家。

②阿勃拉姆·瓦尔沙夫斯基（约1821—1888），慈善事业活动家。

③库尔兰是拉脱维亚西部地区的旧称。

④赫尔德（1744—1803），德国哲学家，“狂飙突进派”理论家。

⑤莱布尼茨（1646—1716），德国哲学家。

出，均是如此。

事实上，父亲将我带进了一个完全陌生的世纪，一处遥远的环境，但无论如何，这并非一个犹太式的环境。如果你们愿意，便可将这视为汉堡某地开化的犹太居住区中最纯洁的18世纪甚或是17世纪。宗教的需求被完全消灭了。启蒙哲学转变成了费解的犹太教研究家们的泛神论。近处的某地，斯宾诺莎在银行中繁殖自己的剥削者。卢梭和他的自然人已被预感到了。一切都抽象、费解到了极点，一切都被概括到了极致。一个被推给犹太文教师、被禁止阅读世俗书籍的14岁男孩，跑到了柏林，进了一所犹太教高等学校，那里聚集着一些同样固执、理性、在远乡僻壤被当做天才的少年；他没有读犹太教的圣书，却读起了席勒，你们知道，他是将席勒的作品当成一本新书来读的；过了不长的一段时间后，他又离开这座奇特的大学返回了70年代那沸腾的世界，为了记住卡拉万娜娅那间秘密的牛奶铺，从那里埋下了炸死亚历山大的地雷，[①]他还在手套作坊和皮革厂里向皮肤松弛、满脸惊讶的主顾们宣传过18世纪的哲学理想。

当我被送往里加的爷爷和奶奶那里去的时候，我进行了反抗，还差一点儿哭了。我觉得，我是在被送往那难以理解的父亲哲学的故乡。挂着锁的硬纸箱和竹筐的炮队上路了，搬运着鼓鼓囊囊的、累赘的家庭行李。冬天的衣物被撒上了樟脑球。圈椅像白色的马匹一样竖立着，身着椅套的马衣。在里加海滨的聚会也使我感到不快。我当时在收集钉子：一个最荒诞不过的收藏癖好。我将大堆的钉子装了起来，像吝啬的骑士一样，为自己带刺的财富的增长而感到高兴。可是马上，家人就收走了我的钉子，藏了起来。

旅途很是不安。黑夜里停在杰尔普特[②]的昏暗的车厢，一些人高声地唱着歌，从一个大型歌唱节上归来，冲向车厢。爱沙尼亚人跺着脚，夺门

①指民意党人1881年刺杀沙皇亚历山大二世的行动，民意党人事先租下了一间奶酪铺，从那里挖洞埋下了地雷。

②塔尔图的旧称。

而入，非常可怕。

爷爷是一个蓝眼睛的老头，戴着一顶遮住了半个额头的小圆帽，他神情庄重，有些官僚相，就像那些非常可敬的犹太人那样，爷爷笑着，高兴着，想显得温情些，可是他做不到，于是，浓密的眉毛便皱了起来。他想要抱我，可我差点儿哭了起来。善良的奶奶，在白发上面套着黑色的假发，穿着一件带有黄色小花的长袍，她轻轻地在吱呀作响的地板上迈着碎步，老是想拿点什么东西出来招待我们。

她问道："你们吃了吗？吃了吗？"这是她懂得的惟一一句俄国话。但是，我不喜欢那些辛辣的老年人的美食，不喜欢它那种苦杏仁昧。父母进城去了。忧愁的爷爷和忧郁、忙碌的奶奶，试图挑起话头，他俩就像受到欺负的老鸟一样，竖着羽毛。我努力地对他们解释说，我要去找妈妈，可他们却听不懂。于是，我便依次用中指和食指的走路姿势，在桌子上描绘出了离去的愿望。

突然，爷爷从柜子的抽屉里拿出一块暗黄色的丝绸头巾，把它围在我的肩膀上，强迫我随他重复一些由陌生声响组成的词，然而，他不满意我的学语，生起气来，不以为然地摇着头。我感到很难受，很可怕。我不记得，妈妈怎样及时地解救了我。

父亲常常谈起爷爷的诚实，将爷爷的诚实视为一种高尚的精神品质。对于一个犹太人来说，诚实就是智慧，诚实几乎就是神圣。随着后代的增多，这些严肃的蓝眼睛老头会变得越来越诚实，越来越严肃。韦尼阿敏曾祖有一天说："我不再做事、不再做生意了。因为我再也不需要钱了。"他的钱刚好够用到他死的那一天，他连一个戈比也没有留下。

里加的海滨，是一个完整的国度。它以柔软的、非常细小的和清洁的黄沙（计时的沙漏中用的就是这种沙）而著称，以那些用一两块木板搭成的、跨越20里别墅撒哈拉的破烂小桥而著称。

里加海滨的别墅区规模可与任何一处疗养地相媲美。小桥、花坛、篱笆和玻璃圆球绵延成一座望不见尽头的城，一切都坐落在孩子们戏耍其上的、像磨碎的小麦一样的金黄色沙滩上。

拉脱维亚人在后院曝晒、风干比目鱼，这种一只眼睛的、多刺的、扁平的鱼，就像一个宽大的手掌。孩子的哭泣，钢琴的音阶，数不清的牙医处患者的呻吟，别墅区小餐馆中餐具的响声，歌手的华彩句和小商贩的叫卖，都在俗气的花园、面包铺和带刺的铁丝网组成的迷宫里响个不停，在沙土路基的马蹄形轨道上，在眼睛能看到的地方，奔驰着玩具般的火车，装载着一路上蹦跳不止的“兔子”[1]，从德国人古板的比尔德林格斯霍夫，到人口密集的、散发着包布气味的犹太人的杜别尔诺。流浪乐队漫游在稀疏的松树林中：两支缩成一团的号角，一根单簧管和一管长号，他们吹奏着不跑调的铜管，他们到处遭到驱赶，时而这里，时而那里，他们会突然使劲地吹奏起军马进行曲来。

整片土地都归一个姓费尔克斯的戴着单片眼睛的男爵所有。他把自己的土地划分成为无犹太人的和有犹太人的两大块。在没有犹太人的那块土地上，坐着大学生们，用啤酒杯蹭着小桌子。在犹太人的土地上，则悬挂着包布，传出断断续续的音阶声。在马约连霍夫，在德国人那里，音乐在演奏着，——是花园露天剧场中的交响乐队，施特劳斯的《死与净化》[2]。上了年纪的德国人面颊通红，身穿崭新的丧服，在寻找自己的欢乐。

在杜别尔诺，在犹太人那里，乐队断断续续地演奏着柴科夫斯基悲怆的交响乐，还能听到两个弦乐队的呼应。

这一时期，我带着一种病态的精神追求爱上了柴科夫斯基，这种追求，就像是陀思妥耶夫斯基的涅托奇卡·涅兹瓦诺娃躲在红色的绸幕布后欲听到小提琴音乐会的愿望一样。我从带刺的栅栏后捕捉到了柴科夫斯基那宽广、平稳、纯小提琴的乐段，为了不买票钻进乐队的露天剧场，我不止一次地挂破自己的衣服，划破自己的手。我是在别墅区杂乱声音的野性

---

①指有意不买票的乘客。

②理查·施特劳斯的交响诗，写于1889年，描写一个垂危病人在昏迷中的幻像。

的留声机中捕捉到那些有力的小提琴音乐片断的。我不记得，我对交响乐队的这一虔敬是如何被培养出来的，但是我认为，我准确地理解了柴科夫斯基，猜透了其中独特的协奏曲的感觉。

在肮脏的犹太人居住区里，这些被意大利式的优柔所弱化，但仍然是俄国式的提琴之音鸣响得多么坚定啊!怎样的一条线索，将最初这些简陋的音乐会与贵族会议中丝绸巾的火焰、与孱弱的斯克里亚宾串联到了一起！这位斯克里亚宾眼看就要被四面围着他的人、还未开口的站成半圆形的歌手和《普罗米修斯》[1]的小提琴森林所挤垮，这一切之上，悬挂着一个盾牌一样的采音器，一件奇特的玻璃器具。

---

①《普罗米修斯》是斯克里亚宾的一部交响诗，又名《火之诗》或《第五交响曲》，写于1910年。

霍夫曼[1]和库别里克[2]的音乐会

1903—1904年，彼得堡是一些大型音乐会的见证人。我指的是霍夫曼和库别里克在贵族会议举办的那些大斋日音乐会野性的、此后再也没有被超越过的疯狂。此后在我的记忆中留下印象的所有的音乐盛典，甚至连斯克里亚宾的《普罗米修斯）的首演，都无法与白色圆柱大厅里的这些酒神狂欢节相提并论。音乐会最后发展成了疯狂，发展成了狂乱。这已不是一种对音乐的爱好，而是自深处腾起的某种可怕的、甚至是危险的东西，像是一种对行动的渴望，一种沉闷的、超前地搅动着彼得堡的不安（1905年尚未到来），结果形成了米哈伊洛夫广场卫兵们独特的、近乎鞭笞派娱神节的狂热活动。在煤气灯朦胧的光照中，有许多入口的贵族大楼受到了真正的围攻。耀武扬威地骑在马上的宪兵，将一种公民性不安的成分带进了广场的氛围之中，他们吆喝着马，大声叫喊着，排成一列守住主入口。挂着昏暗的灯笼、带有弹簧座的轿式马车，驶向灯火辉煌的场地，构成一个很大的黑色营地。车夫不敢把马车赶近大楼，他们在路上已经收了钱了，于是，他们赶紧逃开，以躲避警察的火气。一位彼得堡人穿过三道防护链，像一尾急速游动的鲤鱼，钻进了前厅的大理石冰窟窿，消失在为丝绸和天鹅绒所装备的火热的冰屋里。座椅和座椅后面的座位，按通常的次序摆满了大厅，但两侧入口处庞大的合唱队，却层层叠叠，像装满了人的葡萄串的篮子。贵族会议大厅的内部，十分宽大、低平，近似一个正方形。

---

①霍夫曼（1876—1957），波兰钢琴家，1873—1913年间曾多次在俄国演出，后移居美国。

②库别里克（1880—1940），捷克小提琴演奏家。

舞台几乎占据了一半的地盘。合唱队中是七月的热情。空气中是一片轰鸣，就像是草原上空的蝉鸣。

霍夫曼和库别里克是何许人？在当时的一个彼得堡人的意识中，他俩最初是融为一体的。像一对双胞胎，他俩一样的身高，一样的毛色。身材是中等偏矮，几乎是最小号的，头发比乌鸦的翅膀还要黑。他们两人的前额都非常低，手都非常小。此刻，我觉得他俩有些像是侏儒剧团的主角。家人将我领到欧洲旅馆去向库别里克表示敬意，虽说我并不拉小提琴。他的日子过得像一个真正的王子。他惊慌地挥了挥手，因一个孩子也拉小提琴而感到可怕，但是，他很快就安下心来，并赠送了一张家人向他索要的照片。

就在这两个瘦小的音乐半神、这两个侏儒剧院的首选情人将要挤过被观众压得快要倒塌的舞台时，我开始为他们担心了。开始就像一个电火花，像迫近的雷雨的轰鸣。然后，主持者费劲地在人群中挤出一条小道，四面八方都是热烈拥挤的人群发出的难以描述的呼吼，没有鞠躬，也没有微笑，几乎是战战兢兢地，带有某种恶毒的表情，他们挤到了乐谱架和钢琴前。直到如今，我仍觉得这是一次危险的旅程：我无法摆脱的一个念头就是，人群在不知道怎样开始的情况下，竟已准备去撕碎他们心爱的人了。接下来，这两个瘦小的天才便统治住了震惊的音乐听众，从宫中女官到女学生，从肥胖的艺术庇护人到头发蓬乱的课外教师，他俩以其各种各样的演奏方式、以声音的逻辑和优美，成功地制服了那种被卸了衔铁的、独特的酒神节狂欢式的自发势力，使其冷却了下来。我在任何人那里都从未听到过如此纯洁、初生儿般明净透明的声音，它冷静地从钢琴上流出，就像一道清泉，它使小提琴变成了一根最纯的、难以再被分解的声音和丝线；我再也没有听到过这两位提琴和钢琴行家的那种技艺高超的、阿尔卑斯山似的冷漠，吝啬似的清醒和形式上的明晰。但是，他俩明晰、清醒的演奏中所出现的东西，只会使紧贴着一根根大理石圆柱、成串地挂在合唱队旁边、撒满座椅之垄沟、热烈地挤在舞台上的听众们更为愤怒，只会将他们导向新的疯狂。这便是两位演奏高手理性的、纯洁的演奏所具的力量。

捷尼舍夫学校

在城外街，有一幢巨大的、有盈利的楼房，老远就可从侧面望见它的深墙，还有一块招牌在这幢楼房的院子里，有三十来个男孩。他们身穿短裤、线袜和英国式的短衫，一边吓人地叫喊着，一边踢着足球。所有的孩子全都一个样，似乎，他们曾被送到英国或瑞士。在那里被打扮了一下，他们的装束不是俄国式的，不是中学生式的，而具有某种剑桥风格。

我还记得那个仪式：一个身穿紫罗兰色长袍的态度温和的老头，学校画展开幕式上激动的观众，突然，众人皆让开了道，窃窃私语起来：原来是维特[①]来了。所有的人都说维特有一个金鼻子，孩子们都盲目地相信了这一点，他们想看的就是那鼻子。然而，鼻子却是很平常的，看上去像是肉长的。

当时都说了些什么，我不记得了，但是，在莫霍瓦雅，在自己的竞技场上，与适当的代表席位一起，以议会的方式，建立了相当精细的仪式。在九月的最初几天里，为庆祝模范学校的甜蜜和幸福而举行了活动。在这些像是孩子们的上议院的集会上，总有一个老头出来讲话，他就是卫生学博士维列尼乌斯。这个老人脸色红润，就像是雀巢奶粉罐上画着的婴儿。他每年说的都是同样的话：关于游泳的好处；此时为秋天，离下一个游泳季节还有十来个月，因此，他的手段和演示都显得不合时宜；然而，这位游泳的使徒却仍然要在每年冬季来临之前宣传自己的宗教。另一位卫生学家，公爵塔尔哈诺夫教授[②]，一位蓄着亚述人胡须的东方型老爷，在生理

①维特（1849—1915），俄国伯爵、国务活动家，曾任大臣委员会主席。

②伊万·塔尔哈诺夫（1846—1908），俄国生理学家。

课上，他从一张课桌走向另一张课桌，要学生透过厚厚的背心听他的心跳。跳动的不知是心脏还是金表，而背心则是确定无疑的。

带有折叠课桌的竞技场，被几条便道划分为几组，有强烈的顶光照射，这竞技场是在重大的日子里通过战斗夺取到的，整个莫霍夫街都沸腾了，站满了警察和知识分子们。

所有这些便是20世纪的开端。

捷尼舍夫学校教室的一个主要房客，就是文学基金会，它是激进思想的堡垒，纳德松作品的所有者。文学基金会就其性质而言是一个追荐性的单位：它以追悼为业。它有一个准确编制出的年历，有些像圣徒日历，如果我没记错的话，其死亡和出生日期被列为节日的作家就有：涅克拉索夫、纳德松、普列谢耶夫①、迦尔洵、屠格涅夫、果戈理、普希金、阿普赫金②、尼基金③等等。所有这些文学追悼仪式都很相似，而且，在选择诵读的作品时，也很少考虑到逝者的著作权问题。

开头一般是这样的，老人伊萨·彼得罗维奇·魏恩贝尔格，一个真正的披着毛毯的山羊，朗读着他那一成不变的诗句：“大海啊，我的朋友，在我的面前掀起无垠的白浪!”④

然后出场的是亚历山大剧院的演员萨莫伊洛夫⑤，他捶打着自己的胸脯，亮起震耳的嗓音，时而喊叫，时而又转为让人害怕的低语，朗诵着尼基金的《主人》一诗⑥。

随后是来自《死魂灵》的、在各方面都讨人喜欢的女士们的对话；然后，是涅克拉索夫的《马扎伊爷爷和兔子》或《大门前的沉思》；维德林

---

①阿列克赛·普列谢耶夫（1825—1893），俄国诗人。

②阿列克赛·阿普赫金（1840—1893），俄国诗人。

③伊万·尼基金（1824—1861），俄国诗人。

④引自魏恩贝尔格（1831—1908）的《致大海》一诗。

⑤帕维尔·萨莫伊洛夫（1866—1931），亚历山大剧院的演员。

⑥尼基金的《主人》一诗写于1861年。

斯卡娅叽喳说道："我前来向你致敬。"而最后，则要演奏肖邦的葬礼进行曲。

这就是文学。现在，是公众的表演。首先，是由马克西姆·科瓦列夫斯基[①]和彼特仑凯维奇[②]领导的法学会的座谈会，在这里，宪法的毒药带着轻轻的响声四处流溢。马克西姆·科瓦列夫斯基，高扬着魁伟的身躯，在宣讲牛津的法学。当周围有人欲刁难他，他就操起长长的学者话语，谈起邮件检查法，亦即对邮政信件的拆封，他援引英国的做法，要允许、限制并缩小这一法律。公众的服务事业，就是由马·科瓦列夫斯基、罗季切夫[③]、尼古拉·费多罗维奇·安年斯基[④]、巴丘什科夫[⑤]和奥夫相尼科–库里科夫斯基[⑥]等人完成的。

就这样，我们与这些家庭论坛为邻，在高大的玻璃箱子里接受着教育，窗台被暖气烤得很热，在装着25个人的宽敞之极的教室里，完全不是在长廊里，而是在高大的镶木地板的驯马场上，那儿有斜斜的光柱，还能闻到物理实验室里传出的煤气味。示范的方法，包括残酷的、不必要的活体解剖，就是从一个玻璃罩中抽出空气，好让一只可怜的耗子被憋死，或是青蛙的受难，或是水的实验煮沸，并记录下其过程，或是玻璃棒在煤气炉上的溶化。

实验室中煤气那浓烈、熏人的气味，会使脑袋疼痛，但是，对于大多数不灵巧、不太健康、性格急躁的孩子来说，真正的地狱是手工课。在一天临近结束时，摆脱了充满对话和演示的各门功课之后，我们又被憋在花和锯末中间，无法将一块木板锯开。锯子弯了，刨子歪了，凿子砸到了手

①马克西姆·科瓦列夫斯基（1851—1916），俄国社会学家、法学家。

②伊万·彼特仑凯维奇（1843—1928），俄国立宪民主党的领袖之一。

③费多尔·费季切夫（1853—1932），俄国立宪民主党的领袖之一。

④尼古拉·安年斯基（1843—1912），俄国政论家、经济学家。

⑤费多尔·巴丘什科夫（1857—1920），俄国文艺理论家。

⑥德米特里·奥夫相尼科–库里科夫斯基（1853—1920），俄国文学史家、文艺理论家。

指；什么事情也没做成。教员与两三个灵巧的孩子一起忙乎着，其余的孩子则在诅咒手工课。

在德语课上，我们随着女教师的指挥唱道：“O Tannenbaurm，o Tannenbaum!”[①]绘有奶牛和房屋瓦片的乳白色的阿尔卑斯山风景，也被带到了这里。

学校里，总要挤进一股军人的、享有特权的、近乎贵族的势力：这是那些由于父母的奇怪念头而沦落此处的有权人家的子弟，在左右软弱的知识分子。有位宫廷高级侍从的儿子，沃耶沃茨基，一个美少年，有一副像尼古拉一世一样的古希腊式的侧面轮廓，他宣布自己是将军，强迫别人吻着十字架和《福音书》向他宣誓。

这便是我们年级简洁的人物画廊：瓦纽沙·科尔萨科夫，绰号“丸子”(一个身体虚胖的地方自治会成员，蓄着俄国农民的圆圈垂发式发型，一件系着绸腰带的俄式衬衫，家庭式的地方自治会传统：彼特仑凯维奇和罗季切夫)；巴拉兹，全家与斯塔秀列维奇[②]（《欧洲导报》）很有交情，一位狂热的矿物学爱好者，他像鱼一样地默不作声，只是在谈到石英和云母时才开口；列昂尼德·扎鲁宾，顿河矿区一个庞大的煤炭工业；起初是发电机和蓄电池，然后，就只有瓦格纳了；普尔热赛茨基，出身于贫穷的小贵族，一位吐痰专家。第一位的学生斯洛勃德津斯基，一个来自果戈理焚毁的《死魂灵》第二部的人物，俄国知识分子的正面典型，有分寸的神秘主义者，热爱真理的人，出色的数学家和博览过陀思妥耶夫斯基的人；后来主管了一座无线电台。纳杰日金，一位平民知识分子：一位小官吏住房里酸酸的气味，开心和无忧，因为没有什么东西可丢。一对双胞胎，克鲁平斯基兄弟，比萨拉比亚的地主，葡萄酒和犹太人的行家。最后，是鲍里斯·西纳尼，他属于在此时起着作用的这一代人，他成熟的目的，就在于

①德文“啊，松叶林，啊，松叶林！”

②米哈伊尔·斯塔秀列维奇（1826—1911），历史学家，《欧洲导报》的编辑。

伟大的事件和历史性的工作。他刚毕业就去世了。否则，在革命的年代，他该会怎样地崭露头角啊!

就是在今天，还有一些年老的太太和外省的好人，在欲夸奖某人的时候，就会说道：“多明亮的性格啊。”我知道，他们想要表达的是什么意思。用这种当时的语言，正可以来指我们的奥斯特罗戈尔斯基[①]，而那个荒诞的说法之老式的庄重，也就已不显得可笑了。只在世纪的最初几年里，安德列·加夫里罗维奇·斯特罗戈尔斯基的衣服后摆才闪现在捷尼舍夫学校的走廊里。他是近视眼，常眯着眼，眼中射出一道可笑的光芒，——整个人就像一只穿着燕尾服的大猴子，体质羸弱，蓄着金黄、棕红的胡须和头发。我断定，他恰好有着契诃夫那种不可思议的微笑。他还没有习惯于20世纪，虽然他很想进入这个世纪。他喜欢勃洛克（多么早!），并在他的《教育》上发表过勃洛克的诗。

他不是什么管理者，而只是眯着眼，微笑着，非常漫不经心的样子；很少有机会与他交谈。他总是爱开玩笑，甚至在不该开玩笑的时候也要开。“你们是什么课呀?”“地质课。”“你们自己就是地质学。”整个学校，及其所有人道主义的胡说八道，都被他的微笑所控制着。

然而，在捷尼舍夫学校里还是有着一些好孩子。有些孩子和谢罗夫[②]画上的孩子一模一样。年幼的苦行僧，儿童修道院中的修士，在那修道院中，在练习本、仪器、玻璃管和德语课本中，比在成年人的生活中有着更多的精神，更多的内在结构。

---

①亚历山大·奥斯特罗戈尔斯基（1868—1908），捷尼舍夫学校校长，《教育》杂志的编辑。

②瓦连金·谢罗夫（1865—1911），俄国画家，有《持桃的小姑娘》和《阳光下的少女》等少年题材的绘画。

谢尔盖·伊万内奇

1905年———头生有一双惊慌的宪兵眼睛、戴着一顶大学生的薄饼式蓝色制帽的俄国革命的怪兽！远远地，彼得堡人就已经嗅出了你，捕捉到了你的马匹的踢踏声，在军医学校那被酒精浸透的教室里，或在缅希科夫大学那长长的“jeu de paume”[①]中，由于你的穿堂风而蜷缩起来，当未来的亚美尼亚演说家像头愤怒的狮子一样向孱弱的社会革命党人或社会民主党人吼叫时，那些应该倾听的鸟脖子就会伸出来。记忆爱在黑暗中捕捉目标，而你正隆生在黑暗的最深处，这一瞬间，———，二，三，——当涅瓦大街那长长的电睫毛刚一眨动，这一瞬间便已沉进了漆黑的夜，在浓密的黑暗的尽头，出现了那只生有一双惊慌的宪兵眼睛、戴着一顶扁平的大学生制帽的怪兽。

对于我来说，1905年就体现在谢尔盖·伊万内奇身上。他们这些革命的家庭补习教师，为数可不少！我的一位朋友，一个高傲的人，曾不无根据地说：“是有一些书籍人和报纸人。”可怜的谢尔盖·伊万内奇却很难被置入这样的分类，必须为他再创造出第三个门类：还有一些译文人。对革命的逐字逐句的翻译，从他身上洒落出来，香烟纸在他着了凉的脑袋上沙沙作响，他从其骑兵服的袖口中抖出乙醚一样轻飘的禁书，那骑兵服的上衣，是海水一样的颜色，连他抽的香烟也飘出了被禁的轻烟，似乎，那香烟也是用非法纸张卷成的。

我不知道，谢尔盖·伊万内奇在什么地方、以什么方式养成了他的习

①法文：网球场。

惯。对于年轻时的我来说，他生活的这一侧面是封闭的。但是有一次，他把我拖到他那里，于是，我见到了他的工作间、卧室和实验室。这时，我与他正在共同进行一桩重大的、完全是徒劳的工作：写作一部关于罗马帝国衰落之原因的专题报告。谢尔盖·伊万内奇一周之内连续向我口授的文字，就在笔记本上密密麻麻地写了135页。我不作深思，不用查找资料的来源，也许，他像蜘蛛一样地扯着丝——是用香烟的烟雾扯着丝，扯着学术用语那黏滞的细线，他将一段段历史时期铺展开来，将那些社会和经济关头系成一个个结头。他是我们这座房屋的主顾，也是其他许多房屋的主顾。莫非，罗马人雇来希腊奴隶，就是为了在晚餐时炫耀那块写有学术论文的木板？在上述工作进行到最紧张的时候，谢尔盖·伊万内奇将我带到了他那里。他住在涅瓦大街一百号以外的房子里，在尼古拉耶夫车站的后面，在那座房屋里，他抛开了任何的装饰，整座房屋非常地潮湿。谢尔盖·伊万内奇住处那种浓烈、刺鼻的气味，会使我颤抖。那间被香烟熏了许多年的房间，所容纳的已不是空气，而是某种新的陌生的、含有别样的比重和化学特性的物。于是我不由得想起物理课上讲过的那不勒斯狗洞。他住在这里的时候，显然什么都不曾收拾过，他就像一个真正的苦行僧那样摆放物品，将他觉得不需要的东西永久地扔在地板上。谢尔盖·伊万内奇家里只承认睡觉的状态。在谢尔盖·伊万内奇口授的时候，我就斜歪在他那石炭一样的床单上；使我非常吃惊的是，每当谢尔盖·伊万内奇宣布休息之后，他总要煮上两杯极好的、又浓又香的巧克力茶。看来，他非常爱喝巧克力茶。他的巧克力茶煮得很有手艺，其浓度也远远超出人们通常做的巧克力茶。其结论是什么呢？谢尔盖·伊万内奇是一个奢侈的人吗，要么是一个附着在苦行僧和虚无主义者身上的巧克力魔鬼隐藏在他的体内？哦，谢尔盖·伊万内奇那阴暗的权威，哦，他那非法的深刻，他那骑兵的夹克和宪兵的呢裤！他的走路姿势是这样的，就像一个被人抓住、被摁着肩膀带到可怕暴君面前的人，可这人却竭力显出一副无所谓的样子。与他一同走在街上，是一种享受，因为他会不时指点出那些密探，他一点也不怕那些密探。

我觉得，他自己就像是一个密探，我的根据，要么来源于对这一问题的经常不断的思考，要么来源于小鸟和蝴蝶据之而自悬崖获得其颜色和羽翼的那种拟态法则。是的，在谢尔盖·伊万内奇身上是有某种宪兵的味道。他是个爱嫌恶人的人，是个爱唠叨的人，他会声音嘶哑地说着一些将军们的艳闻奇事，他会津津有味或满怀厌恶地道出头五个等级的文官和武官职称。谢尔盖·伊万内奇那张惺忪的、无精打采的脸，就像一顶大学生的帽子，体现出了一种纯宪兵式的喋喋不休。当面指出一位将军或四等文官的肮脏，是他最大的幸福，——我认为那幸福是一种数学的、有些抽象的境界。

比如，艳闻奇事在他的嘴里几乎就是定理。一个将军检查了菜单上所有的食品，总结道："多么讨厌啊!"一个大学生听了将军的话，问将军共有哪些官衔，在得到回答之后，他总结道："就这些？——多么讨厌啊!"

在谢德列采或罗夫诺的某个地方，应当还只是个温柔男孩的谢尔盖·伊万内奇就脱离了行政的、警察的悬崖。西部边区的小省长们是他的亲戚，他自己，虽然已是个革命的家庭补习教师，已为那巧克力的魔鬼所控制，却仍向省长的女儿求了婚，省长的那位女儿，显然也是个一去不回的脱离者。当然，谢尔盖·伊万内奇并不是一个革命者。可是他却留下了一个绰号：革命的家庭教师。他像一头怪兽一样，在历史白昼的光照下解体。随着1905年的迫近，其隐密性日益浓缩，那阴郁的威信也在不断增大。他应当显露出来，他应当被解释为什么东西，——是的，哪怕是显露一下军团中的手枪，或者，为自己的献身革命提供出另一个物质的证明。

就这样，在最为不安的1905年的岁月里，谢尔盖·伊万内奇成了甜蜜、安全地受到了惊吓的居民们的监护人，他眯起眼睛，就像一只心满意足的猫，带来了可信的消息，预告了彼得堡知识分子在某一天不可避免的毁灭。作为军团中的一员，他答应带着勃朗宁手枪来，以保证充分的安全。

我在1905年之后很久才得以与他相见：他彻底地褪了色，他的身上已没了神气，他的五官也已磨损，失去了色彩。过去的喋喋不休和威信只有淡淡的影子了。原来，他安置下来，在天文台的普尔科夫塔上做了一名助手。

如果谢尔盖·伊万内奇变成了星际速度的纯对数或空间的函数，我也不会感到惊奇：他本该步出生活，在此前他便是一头怪兽。

尤里·马特维伊奇

在尤里·马特维伊奇登上五层楼的时候，别人可能已经往看门人那里来回跑好几次了。他被人牵着手领到楼梯口歇了好几次；在前厅里，他站下了，等人来给他脱下皮袄。他身材矮小，腿很短，穿着一件长及脚踵的老头皮袄，头戴一顶沉沉的帽子，在他还没有被从热烘烘的海狸皮中解救出来的时候，他一直在呼呼地喘着气，然后，他在沙发上坐了下来，像孩子一样伸开了双腿。他在家中的出现，要么意味着一场家庭会议，要么意味着某种家庭喧闹的平息。归根结底，任何一个家庭都是一个国家。他喜爱家庭的无序，就像一位国务活动家喜爱政治上的困难一样：他自己没有家庭，于是便选中了我们的家庭，作为其非常艰难、复杂之活动的对象。

每一次，当他那颗大臣的脑袋一出现，一阵疯狂的喜悦便涌上了我们这些孩子的心头，那颗脑袋有些像俾斯麦，很可笑，像是婴儿的脑袋，没长头发，脑门上只有三两根茸毛。

面对提问，尤里·马特维伊奇会发出一种奇怪、模糊的胸音，那声音像是从一个不会吹奏的乐手的号角中发出的，而且，在发出了这种事先预备好了的声音之后，他就会说起他那一成不变的句式："我对你们说了的"，或是，"我一直对你们说了的"。

无儿无女的、孤立无援的、鳍脚目的尤里·马特维伊奇，别人家庭中的俾斯麦，引起了我深深的同情之感。

他生长于南方的地主阶层，在比萨拉比亚、奥德萨和罗斯托夫之间。

在基什尼奥夫和罗斯托夫的旅馆那些糟糕透顶的房间里，有多少合同被履行了，有多少葡萄庄园和马场在希腊公证人的参与下被售出了！

所有这些人，这希腊公证人，这骗子地主，这做了省秘书的摩尔达维亚人，都套着白色的长袍，坐着四轮马车，坐着支有华盖的敞篷马车，沿着大道，沿着外省的马路，颠簸进了霍乱肆虐的暑热。那儿的经验在增长，资本也在增大，与此同时，贪图享受之风也在不断蔓延。手脚已不再愿意干活，而变成了短短的鳍脚，尤里·马特维伊奇一边在基什尼奥夫和罗斯托夫的旅馆中与贵族或包工头吃着饭，一边用上面提到的那种含混的号角之音吆唤着跑堂的。渐渐地，他变成了一个真正的犹太将军。用生铁铸就的他，可以作为一尊纪念碑，但是，这生铁在什么地方、什么时候才能表现出那三根俾斯麦式的头发呢？尤里·马特维伊奇的世界观定型为某种智慧的、确定的东西。他喜爱的读物是梅尼希科夫[1]和勒南[2]的著作。这一组合初看上去有些奇怪，但细想一下，就是对一位国家议会的成员来说，也找不出比这更好的读物来了。关于梅尼希科夫，他说道：“一颗聪明的脑袋”，并举起了那只议员的手；关于勒南，他则在关于基督教的所有方面完全赞同勒南的看法。尤里·马特维伊奇蔑视死亡，敌视医生，他爱训诫式地说道，他怎样患了霍乱却未曾受到伤害。年轻时，他到过巴黎，在首次旅行的30年之后，他再次到了巴黎，他哪个餐馆也不去，一直在寻找着一个叫“科克–多尔”的地方，他曾在那家餐馆里美餐过一顿。但是，“科克–多尔”已不存在了，有一家叫“科克”，但不是他要找的那一家，人们好容易才将他找回来。尤里·马特维伊奇看着菜单就餐，总要摆出一副美食家的派头来点菜，跑堂的屏住呼吸，正期待着一场复杂、精细的点菜，可尤里·马特维伊奇却只点了一碗汤。从尤里·马特维伊奇那里得到10到15个卢布，可不是件容易的事情：他会把智慧和享乐宣讲上一个多小时，接着说上一句：“我对你们说了的。”然后，他久久地迈着碎步

---

①米哈伊万·梅尼希科夫（1859—1919），俄国政论家，《新时代》的编辑。

②约瑟夫·勒南（1823—1892），法国作家，彼得堡科学院外籍院士，著有《基督教起源史》（1863—1883）。

在房间里走着，寻找着钥匙，嘶哑着声音，敲打着一个个密藏的小箱子。

尤里·马特维伊奇的死很可怕。他死了，就像巴尔扎克笔下的老头一样，几乎被那家狡猾、厉害的房东赶到了大街上，他在暮年时将自己的家庭俾斯麦活动转到了这一家，并要别人听命于自己。

濒死的尤里·马特维伊奇被从地界街的商人的办公室赶了出来，在森林街的一座小别墅里为他租了一个小房间。

满脸胡须、面容可怕的他，与痰盂和《新时代》一起坐着。肮脏的胡须长满了僵死的、铁青的面颊，他颤抖的手里握着一个放大镜，他用那放大镜照着报上的字行。那双为白内障所害的阴暗的瞳孔里，流露出了死亡的恐惧。女仆将一只盘子摆到他的面前，然后立即走开了，并不问他还需要什么。

有许许多多令人起敬的、彼此不认识的亲属前来参加尤里·马特维伊奇的葬礼，一位来自亚速-顿河银行的侄儿，迈着短腿走着碎步，也晃着一颗沉重的、俾斯麦式的脑袋。

爱尔福特纲领[①]

“你干吗读那些小册子？它们谈的是什么？”聪明过人的弗·瓦·吉[②]凑着我的耳朵说道。“你想结识一下马克思主义吗？拿着，这是马克思的《资本论》。”好吧，我接了过来，碰了钉子，就抛开了，又回头去读那些小册子了。哦，我在捷尼舍夫学校的这位出色的老师是否在耍滑头？马克思的《资本论》，就等于克拉耶维奇的《物理学》[③]。难道克拉耶维奇能给人以灵感吗？小册子能产卵，这便是它的使命。思想就自那卵中诞生。

在我们的学校里，有着怎样的混合体、怎样真正的历史纷争啊！在我们学校里，烟雾缭绕的地理课会变成关于美国托拉斯的奇谈怪论。在捷尼舍夫学校晃晃悠悠的温室和洞穴足球场的旁边，曾有多少历史在跳动、摇摆啊！

不，俄国的男孩不是英国人，无论是运动还是自由活动的沸水，都难以吸引住他们。一种带有意外的需求和疯狂的智性活动的生活，也会突入最娇惯的、最纯净的俄国学校，就像它曾突入普希金的皇村学校那样。

《天秤座》[④]被摆在课桌下，旁边是来自奥布霍夫工厂的矿渣和钢刨花。像是协商好的，关于别林斯基、杜勃罗留波夫、皮萨列夫连一个字、

---

①德国社会民主党的纲领，于1891年10月在爱尔福特市召开的党代会上通过。

②即弗拉基米尔·瓦西里耶维奇·吉比乌斯（1876—1941），俄国诗人、文艺学家，捷尼舍夫学校的校长。

③当时的中学物理课本。

④俄国象征派的刊物，于1904—1909年在莫斯科出版。

一句话也没有，而巴里蒙特[1]则受到尊重，他还拥有一些不坏的模仿者，社会民主党人恨不得把民粹派掐死，畅饮其社会革命党人的鲜血，后者徒劳地请求他们的圣人们——切尔诺夫[2]、米哈伊洛夫斯基[3]，甚至还有……拉夫罗夫的《历史书简》[4]——出面相助。那作为处世态度的一切，都被贪婪地吸收了。我再说一遍：我的同学们无法忍受别林斯基处世态度上的含混，却对考茨基[5]充满敬爱，还热爱大司祭阿瓦库姆[6]，由帕夫连科夫[7]出版的他的《生活记》，被收进了我们的俄语语文课本。

当然，这里是少不了弗·瓦·吉的，这位灵魂的塑造者和杰出人物（可身边就是没有这样的杰出人物）的导师。但是，这些事情后面再谈，现在则要与考茨基、马克思主义那道红色的霞光道一声“你好”和“再见”。

爱尔福特纲领，马克思主义的山门，你们很早、过早地养成了一种追求严谨的精神，却给了我和其他许多人一种生活在史前时期的感觉，在那个时候，生活渴望统一和严谨，在那个时候，世纪的脊椎伸直了，在那个时候，心灵最需要的是主动脉鲜红的血！难道考茨基就是丘特切夫？难道他也要唤起宇宙的感受(“蛛网那纤细的发丝在空闲的垄沟中颤抖”[8])？试想，对于一个特定的年龄和瞬间而言，考茨基（当然，我是举他为例，他并不

---

①康斯坦丁·巴里蒙特（1867—1942），俄国诗人。

②维克多·切尔诺夫（1873—1952），社会革命党的领袖之一。

③维克多·米哈伊洛夫斯基（1842—1904）。俄国民粹派的思想领袖。

④彼得·拉夫罗夫（1823－1900）。俄国哲学家、革命民粹派的思想家，其《历史书简》写于1868—1869年间。

⑤考茨基（1854－1938），德国社会民主工党和第二国际的领袖和理论家之一。

⑥阿瓦库姆（1620/21－1682），俄国分裂教派的首领和思想家、大司祭，1667年被判流放。在15年的土牢生活中写下了《生活记》等著作。

⑦弗洛连基·帕夫连科夫（1839—1900），俄国图书出版商，先后出版过750多种图书。

⑧引自丘特切夫的《“在初秋的季节里有……”》（1857）一诗，但不甚准确，原句为“只有蛛网那纤细的发丝在空闲的垄沟中闪亮”。

像马克思、普列汉诺夫那样具有更大的理由）亦即丘特切夫，亦即宇宙欢乐的源泉，亦即强大、严谨的处世态度的传递者，亦即思想着的芦苇和覆在无底深渊之上的幕布。

那一年，在塞格沃尔德[1]，在库尔兰的阿阿河上，是一片明净的秋天，麦田里，布满了蛛网。刚刚有人焚烧了男爵们的家，从被烧尽的砖瓦房子上，腾起了一种镇压之后的残酷宁静。偶尔，有一辆载着管理人和警官的两轮马车在坚硬的德国道路上吱呀驶过，而一位举止粗鲁的拉脱维亚人会摘下帽子。在暗红色的、布满洞穴的、层状的两岸之间，一条浪漫的小河流淌着，像一位德国的水仙女，城堡掩映在高高的绿荫之中。居民们还依稀记得不久前淹死在河中的科涅夫斯科依[2]。那是一个早熟的青年，因此，他便不被俄国青年所阅读：他以艰难的诗句发出了轰鸣，就像树木根部发出的声音。在这里，在塞格沃尔德，手里拿着爱尔福特纲领，我在精神上更贴近科涅夫斯科依，而不愿用茹科夫斯基[3]和浪漫派诗人的手法来加以诗化，因为，我可以居住在这带有麦粒、乡间小道、城堡和阳光蛛网的可见世界里，将其社会化，试图去分割它，在蔚蓝的天穹下摆出的远非《圣经》的阶梯，在其上上下下的不是雅各的天使，而是或小或大的私有者，他们在跨越资本主义经济的一个个阶段。

什么有可能变得更强大，什么有可能变得更有机：我觉得整个世界都是经济，都是人类的经济活动，——在一百年前沉默的英国家庭工业的纺缍，还在秋天嘹亮的空气中鸣响！是的，我用远处田野上脱粒机那警觉的听力听到，那在不断膨胀、逐渐变沉的，不是麦穗上的麦粒，不是北方的苹果，而是世界，是资本主义的世界，在为了倒下而膨胀！

①拉脱维亚境内的一座城市，今名锡古尔达。

②伊万·科涅夫斯科依（奥列乌斯；1877—1901），俄国象征派诗人。

③瓦西里·茹科夫斯基（1783—1852），俄国诗人。

西纳尼一家

当我以一个彻头彻尾的马克思主义者进入班级的时候，等待着我的是一个很厉害的对手。听完了我那些自信的话语之后，一位男孩走到了我的身边，他腰上束着一根细细的带子，头发近乎赤红，全身都显得很狭窄，窄窄的肩膀，既大胆又温柔的窄窄的脸庞，手指纤细，脚也很小。他的嘴唇之上，有着一个红红的疱疹，像一个火烧的记号。他的服装与捷尼舍夫学校的盎格鲁撒克逊式风格很不相像，而像是有人拿来了陈旧不堪的裤子和衬衫，打上肥皂，在冰凉的溪水中狠狠地洗了一番，在太阳底下晒干了之后，未加熨烫，就套在了他的身上。看到他，每个人都会说上一句：多么轻飘的一副骨架啊！但是，若是见到了他那高高的前额，你就会惊讶于那双斜视的、充满着蓝色嘲笑的眼睛，那只自爱的小嘴里说出的话就会使你闭口不语。在需要的时候，他的动作也会变得幅度很大，就像一个用费奥多尔·托尔斯泰[①]雕塑中玩羊拐子游戏的男孩那样，但是，他是尽量回避剧烈运动的，而保持着一种合适、轻松的玩法；他走路的姿势相当轻盈，他总是赤着脚走路。腿边一头牧羊犬，一根长长的竿子，于他也许是合适的：他的面颊和下巴上长着金色的兽毛。不知是一个玩着投钉游戏的俄国男孩，还是一位长着小鹰钩鼻的意大利的施洗约翰。

他自告奋勇要做我的老师，在他活着时候我也没有离开过他，我老是跟在他的后面，佩服他思维的清晰、精神的饱满和表现。他死在历史岁月到来的前夜，为了历史岁月的这一到来，他已做好了准备，他的天性也做

①费奥多尔·托尔斯泰(1783—1873)，俄国雕塑家，奖章刻制家。

好了准备，恰好在牧羊犬准备躺在他的脚边、先知的细竿应该换成牧人的权杖时，他就做好了这样的准备。他的名字叫鲍里斯·西纳尼。我是带着温情和崇敬道出这个名字的。他的父亲是彼得堡一位以心理暗示法治病的名医，叫鲍里斯·纳乌莫维奇·西纳尼。母亲是俄罗斯人，而西纳尼则是克里米亚的犹太人。其相貌上的双重性也许正由此而来：一位诺夫哥罗德的俄罗斯男孩，一个非俄罗斯式的鹰钩鼻，几根来自山地牧场的克里米亚牧羊人皮肤上的金毛。从自己有意识存在的最初岁月起，遵循有力的、非常有趣的家庭之传统，鲍里斯·西纳尼就认为自己是俄国民粹派的精英。我觉得，在民粹派当中，吸引他的并不是理论，而是心灵的构造。可以感觉出，他是个现实主义者，他准备着在需要的时刻为行动而抛弃一切异议，但此时，他那还没有包含进任何平庸和苦恼成分的少年现实主义，还是非常可爱的，体现着天赋的神性和高贵。鲍里斯·西纳尼用灵巧的手揭去了蒙在我眼睛上的白内障。他认为，那层白内障使我看不清土地问题。西纳尼一家住在普希金街，就在“帕列-罗雅尔”旅馆的对面。这家人因其理智性格的力量而显得强大，那种性格能转化为生动的无知。鲍里斯·纳乌莫维奇·西纳尼医生，在普希金街上显然已住了很久。那位白发苍苍的看门人对全家人都充满着无限的敬重，从脾气暴躁的精神病医生鲍里斯·纳乌莫维奇，到幼小、驼背的连诺奇卡。迈进这家人门槛的每个人都会感到颤抖，因为鲍里斯·纳乌莫维奇保持着将他不喜欢的人驱逐出门的权利，如果哪位顾客或一般的客人说了什么愚蠢的话。鲍里斯·纳乌莫维奇·西纳尼曾是格列勃·乌斯宾斯基[1]的医生和遗嘱执行人，曾是尼古拉·康斯坦丁诺维奇·米哈伊洛夫斯基的朋友，然却远非总是受到后者之个性的诱惑，他还曾是当时许多社会革命党中央委员的参谋和亲信。

他看上去像一个土生土长的克里米亚犹太人，甚至还一直带着一顶克里米亚犹太人的小帽，他的脸色很严厉，非常沉重。不是每个人都能承受

①格列勃·乌斯宾斯基(1843—1902),俄国作家。

得住他透过眼镜射出的那种野兽般的、聪明的目光，然而，当他那张胡须弯曲、稀疏的脸庞露出微笑时，他的笑容则绝对是孩子般的、迷人的。鲍里斯·纳乌莫维奇的办公室是严格禁止进入的。顺便说一句，那里挂着他的象征和全家的象征，一幅谢德林的肖像，画上的谢德林皱着他那浓密的省长眉毛[1]，望着人们，用可怕铁锹似的毛茸茸的大胡子吓唬着孩子们。这位谢德林瞪着检查官和省长的目光，让人感到恐怖，尤其是在黑暗当中。鲍里斯·纳乌莫维奇固执地过着鳏居生活。他与一个儿子和两个女儿住在一起，大女儿冉尼娅是个斜眼睛的姑娘，像个日本女人，非常小巧、优雅，小女儿连娜是个驼背姑娘。他的患者不多，但他却能让他们感受到一种奴隶般的恐惧，尤其是那些女患者们。尽管他举止粗鲁，顾客们仍将缝制好的各种鞋子送给他。他生活得像哨所里的护林员，坐在自己皮革包裹的办公室里，坐在谢德林的大胡子下面，四面八方环绕着他的，尽是敌人：神秘、愚蠢、歇斯底里和蛮横下流；和豺狼住在一起，就要像豺狼一样嗥嗥叫。

米哈伊洛夫斯基的巨大威信，甚至在当时杰出人物的圈子里也是有目共睹的，鲍里斯·纳乌莫维奇未必能轻而易举地认同这一点。作为一个激烈的唯理论者，在致命矛盾的作用下，他自己同样需要威信，他也会敬重威信，并因此而痛苦。每当政治或社会生活中出现了突如其来的巨大转折，家中便会提出这样的问题：尼古拉·康斯坦丁诺维奇会说些什么。过了一段时间之后，在米哈伊洛夫处果真聚集起了《俄国财富》[2]的议员团，尼古拉·康斯坦丁诺维奇也道出了名言。西纳尼老人在米哈伊洛夫斯基身上最看重的正是这些名言。他对当时民粹派活动家的热爱度就是这样设置的：米哈伊洛夫斯基作为一个预言家是出色的，可他的政论文章却是白

①俄国作家萨尔蒂科夫-谢德林（1826—1889）在1858—1861年间曾任梁赞省和特维尔省的副省长。

②《俄国财富》是俄国民粹派的中心刊物。

水，他也是个并不可敬的人。说到底，他并不喜欢米哈伊洛夫斯基。他认为切尔诺夫有着机敏和农夫式的土地智慧。他认为佩舍霍诺夫[①]是懦夫。对米亚科金[②]，他像对维尼阿敏那样充满温情。但他对他们两人都看得不重。他真正敬重的是社会革命党的中央委员、老人纳坦松[③]。白发、秃顶的纳坦松，像一个老医生，有过两三次，当着我们这些孩子的面，他前来与鲍里斯·纳乌莫维奇作了交谈。激动的颤抖和骄傲的欢乐是无止境的：家里来了一位中央委员。

虽然没有女主人。家里的秩序仍很整齐、简朴，像一个商人的家庭。驼背姑娘连娜可以管一点家了；但是，家中有那样一个严厉的意志，家庭便可以自我支撑了。

我知道，鲍里斯·纳乌莫维奇在办公室里做些什么：他连续不断地阅读那些胡说八道的书籍，那些书籍里满是神秘论、歇斯底里和各种各样的病态现象；他与它们搏斗，一次次摆脱它们，但是却难以与它们决裂，再次回到它们那里去。若让他去吃纯洁的实证主义的食品，西纳尼老人马上就会消瘦下去。实证主义对于食利者来说是好的，它每年能获得百分之五的进步。鲍里斯·纳乌莫维奇需要的则是为了实证主义而作出牺牲。他是实证主义的亚伯拉罕，他会不加思索地为它牺牲自己的儿子。

一次，在喝茶的时候，有人提到了死后的状态。于是，鲍里斯·纳乌莫维奇吃惊地扬起了眉毛："什么？我能记得出生前的事情吗？我什么也不记得，什么也不曾有过。同样，在死亡之后什么也不会有。"

他的吵嚷转变成了古希腊式的简朴，甚至连那独眼的厨娘也受到了统一体制的传染。

---

①阿列克赛·佩舍霍诺夫（1867—1933），俄国人民社会党的领袖之一，1917年曾任临时政府的粮食部长。

②维涅季克特·米亚科金（1867—1937），俄国政论家、人民社会党的成员。

③马尔克·纳坦松（1850—1919），俄国社会民主党的中央委员。

我欲将西纳尼家的主要特征称之为智慧的美学。通常，实证主义是与审美的欣赏、无私的骄傲和智慧活动的欢乐格格不入的。而对于这些人来说，智慧同时是欢乐、健康、运动，还几乎是宗教。与此同时，智性的兴趣圈子又是相当有限的，视野很狭小，实际上，饥饿的智慧吞食的只是贫乏的食物：社会革命党和社会民主党之间那些无休止的争论，个人在历史中的作用，米哈伊洛夫斯基著名的和谐的个性，社会民主党的土地迫害，——这便是那并不丰富的整个圈子。因这样的家庭思维而感到苦恼。鲍里斯·纳乌莫维奇迷上了拉萨尔[①]的诉讼式语言，那一语言结构完美，优雅、生动，——这已经是纯粹的智慧美学和真正的运动了。就这样，我们模仿拉萨尔，迷上了夸夸其谈的运动，迷上了即兴的演讲表演。尤为风行的，是那些以社会民主党为靶子的有关土地问题的激昂演讲。有几场这样的演讲，虽流于空洞，却又是出类拔萃的。我此刻还记得，在一次集会上，还是一个孩子的鲍里斯怎样战胜了见多识广的老孟什维克、几份大部头杂志的编辑克莱因博特[②]，使得他大汗淋漓。克莱因博特只能喘着粗气，神情疑惑地环顾四周：争论对手智慧上的精致，看来使他感到很意外，他觉得这是一件崭新的论争武器。自然，这只是一块来自平民阶层的小石子，但是，求上帝保佑，千万不要将尼·康·米哈伊洛夫斯基这样的导师赐给任何一位青年！好一个废话连篇的人！好一种马尼洛夫气质[③]！那种空洞的、充满老生常谈和计算结果的关于和谐个性的胡言乱语，就像一片杂草，到处滋生，挤占了活跃、有益的思维的地盘。

根据家庭盼宪法，不受欢迎的老人西纳尼不能窥觑那间被称为“玫瑰屋”的年轻人的房间。玫瑰屋与《战争与和平》中的休息室很相像。在玫

---

①拉萨尔（1825—1864），德国社会民主党的领袖之一，全德工人联合会的组织者和领导人。

②列夫·克莱因博特（1875—1938），文学批评家、孟什维克分子。

③指一种爱好空想、华而不实的气质，典出于果戈理的小说《死魂灵》中的人物马尼洛夫。

瑰屋为数不多的来客中，我还记得一位叫纳塔莎的女性，她是一个荒谬的、可爱的造物。鲍里斯·纳乌莫维奇能忍受她，将她当做一个家里的傻瓜。纳塔莎轮流地、断断续续地做过社会民主党人、社会革命党人、东正教徒、天主教徒、古希腊的爱好者和神智学的爱好者。由于经常性的信仰转变，她过早地白了头。作为一名古希腊的爱好者，她出版了一本描写凯撒大帝在罗马疗养区巴依生活的长篇小说，然而，那巴依竟与谢斯特罗列茨克[1]惊人地相像（纳塔莎非常地富有）。

在玫瑰屋里，像是在所有的休息室里一样，总是一片混乱。此世纪之初该休息室的混乱是由什么构成的呢？一些下流的明信片——施图克[2]和茹科夫[3]的喻意，“童话明信片”，像是从纳德松那儿跑出来的，没戴帽子，手被反绑着，被用炭笔放大在一张硬纸板上。可怕的《朗诵者》，与彼·雅[4]、米哈伊洛夫[5]和塔拉索夫[6]同在的各种各样的《俄罗斯缪斯》，我们诚心诚意地在其中寻找诗歌，有时仍会感到不好意思。对马克·吐温和杰罗姆[7]关注甚多（这是我们的读物中最优秀、最健康的东西）。形形色色的《安那太马》[8]、《野玫瑰》[9]和《知识》文集[10]的胡言乱语。每个晚上都被涂抹上了关于鲁克庄园的朦胧记忆，在那里，客人们睡在客厅里半圆

---

①俄国彼得堡州的一座城市，濒临芬兰湾，为疗养地。

②施图克（1863—1928），德国画家、雕塑家。

③因诺肯季·茹科夫（1875—1948），俄国雕塑家。

④即彼得·雅库鲍维奇（1860—1911），俄国诗人、批评家，曾在彼得堡编辑、出版了诗合集《俄罗斯缪斯》。

⑤尼古拉·米哈伊洛夫（1878 – 1904），俄国诗人。

⑥叶夫盖尼·塔拉索夫（1882—1943），俄国诗人。

⑦杰罗姆（1859—1927），英国作家。

⑧俄国作家安德列耶夫（187I—1919）的一部剧作，写于1909年。

⑨彼得堡“野玫瑰”出版社出版的文集。

⑩“知识”协会出版的文集。

形的小沙发上，六位可怜的阿姨立即忙乎了起来。然后，还有些日记，还有些自传体的小说：这样的混乱难道还不够吗？

谢苗·阿基梅奇·安－斯基[①]在西纳尼家中是位可亲的人，他时而因忙于一些犹太人的事务而消失在莫吉廖夫[②]，时而又来到彼得堡，由于没有居住权，只好在谢德林的像下过夜。谢苗·阿基梅奇·安－斯基在自己身上将一位犹太民俗学家与格列勃·乌斯宾斯基和契诃夫合为一体。在他一个人的身上，就包含着上千个地方上的犹太教士，如果以他所给予的建议、安慰而论的话，而这些建议和安慰又都是以寓言、奇闻等形式表达出来的。生活中，谢苗·阿基梅奇需要的只是过夜和浓茶。听众追随着他跑来跑去。谢苗·阿基梅奇的俄罗斯和犹太民间传说，都是些舒缓、神奇的故事，它们流淌着，像浓浓的蜜汁一样。谢苗·阿基梅奇虽还不是一位老人，却已老得像老爷爷一样，驼了背，由于背负着过多的犹太教义和民粹主义：省长，暴行，人的不幸，接见，在明斯克和莫吉廖夫辖区的非常环境中采用的最狡黠的社会活动花样，这一切像是被用精巧的刻刀刻下来的。谢苗·阿基梅奇，这位来自《塔木德书》和《摩西五经》的格列勃·乌斯宾斯基，他保存着一切，记住了一切。在简朴的茶桌旁，举止圣徒般地轻柔，他坐在那里，斜垂着脑袋，像是晚会上的犹太圣徒彼得。在一个所有的人都碰撞着米哈伊洛夫斯基的偶像、都噼啪嗑着土地上的坚果的家庭中，谢苗·阿基梅奇就像一只温情的小飞蛾。

那个时候，在我的头脑中，现代主义、象征主义与最强烈的纳德松气质、与《俄国财富》中的诗句不知为何结合到了一起。勃洛克已被读完了，包括《戏台》[③]在内，他与公民的主题和所有这些费解的诗歌出色地和睦相处了。他与这费解的诗歌并不矛盾，要知道，他本人就来自这样的

①谢苗·安–斯基（又名拉波波尔特；1863—1920），俄国犹太族作家。

②白俄罗斯的一座城市，在第聂伯河畔。

③勃洛克写于1906年的一部抒情剧。

诗歌。大部头的杂志都在排斥这样的诗歌，说这样的诗歌不堪入耳。可对于怪人、不得志者和年轻的自杀者们来说，对于那些与《俄罗斯财富》和《欧洲导报》上的家庭抒情诗很少有别的地下诗歌工作者来说，还保留着一些最有兴味的出路。

在普希金大街上，在一所非常体面的住宅里，住着一位姓霍尔德博格的人，他曾是一位德国的银行家，现在是小型杂志《诗人》的编辑和出版人。

霍尔德博格，皮肤松弛的资本家，认为自己是一位德国诗人，他与他的主顾们达成了这样的协议：他在《诗人》杂志上无偿地刊登他们的诗作，为此，他们必须听完他霍尔德博格的作品，一部题为《昆虫议会》的哲理长诗，长诗用德语写成，如果碰到听不懂德语的人，就翻译成俄语。

霍尔德博格常对每一位主顾说："年轻人，您会写得越来越好的。"他特别看重的是一位面色阴郁的诗人，霍尔德博格认为他是个自杀者。一位有着天国般诗歌外貌的德国青年，在帮霍尔德博格编杂志。这位不得志的老银行家和他那位有着席勒式相貌的助手（他正是《昆虫议会》的俄译者）一起，为那份可爱的畸形的杂志而无私地劳作着。奇异的银行家的缪斯在用那根粗指头引导着霍尔德博格。服务于他的席勒，显然是在哄骗他。然而，在德国，赶上了好时光，霍尔德博格竟出版了其作品的全集，他还亲自向我展示了他的全集。

鲍里斯·西纳尼对社会革命党的实质有很深刻的理解，他还是一个孩子时就在内心里超越了它，他所起的一个绰号便可为证：我们将社会革命党人那种特殊的相貌称之为"善人"，你们知道，这是一个非常恶毒的讽刺。"善人"是些面容温柔的俄国人，"历史中的个性之理想"的承载者，可实际上，他们中的许多人却像是涅斯捷罗夫笔下的耶稣[①]。妇女们非常喜欢他们，他们自己也很容易燃起热情。在森林街综合技术学校的舞

①此处可能是指俄国画家米哈伊尔·涅斯捷罗夫(1862—1942)的作品。

会上，这样的“善人”往往要替恰尔德·哈罗德[①]、替奥涅金[②]、替毕巧林[③]受过。总地说来，我青春时代的革命泡沫、整个天真的“圆周”，都充满着浪漫的故事。1905年的男孩子们走向革命时，心中怀着的情感，与尼古拉·罗斯托夫[④]加入骠骑兵时的情感是一模一样的：这也就是爱情和荣誉的问题。1905年的男孩子们和尼古拉·罗斯托夫都觉得，不能不被自己时代的荣誉所映烤，两者都认为，不能怯弱地生括。《战争与和平》在继续着，只是荣誉改变了。要知道，荣誉已不再与谢苗诺夫团的明团长同在，已不再与那些穿长筒漆皮靴子的侍从将军们同在！荣誉存在于中央委员会，荣誉存在于战斗组织，功勋开始于宣传的能力。

芬兰的深秋，赖沃拉沉寂的别墅，一切都被封杀了，栅门钉死了，看门狗在围着空空的别墅叫着。秋天的大衣和陈旧的披巾，冷冷的阳台上一盏煤油灯的热度。在中央委员父亲的荣誉映照下生活着的年轻的T.那张狐狸般的脸蛋。不是女主人，而是胆怯的肺痨病患者，甚至连客人们的脸也不允许她看。在别墅暗处的一条道上，走来几个穿英国式大衣、戴圆顶礼帽的人。安静地坐着，没往上走。路过厨房的时候，看到了格尔舒尼[⑤]那颗剪了头发的大脑袋。

《战争与和平》在继续。荣誉那潮湿的翅膀在敲打着窗玻璃：还有虚荣之心和对名誉的渴望！在由于雨水而昏聩的芬兰，一轮夜太阳，一轮新奥尔特尔利茨[⑥]的秘密太阳！濒死的鲍里斯，还在念叨着芬兰，念叨着去赖沃拉的旅程和几根捆行李的绳子。我们在这里玩过击木游戏，躺在芬兰

---

①拜伦的长诗《恰尔德·哈罗德游记》中的主人公。

②普希金的长诗《叶夫盖尼·奥涅金》中的主人公。

③莱蒙托夫的小说《当代英雄》中的主人公。

④列夫·托尔斯泰的小说《战争与和平》中的人物。

⑤格里高利·格尔舒尼（1870—1908），俄国社会革命党的创建人和领袖之一，组建了该党的战斗组织，策划了多起恐怖活动。

⑥1805年12月，拿破仑在此打败俄奥联军。

的草场上，他喜欢用安德烈公爵[1]那种出奇冷漠的眼睛看着空旷的天空。

我感到茫然、不安。世纪的一切骚动都被传达到了我的身上。周围奔涌着一些奇异的潮流，从对自杀的热衷到对世界末日的渴望。关于无知的世界问题的文学那阴沉的、恶臭的行军刚刚过去，经营生与死的商人们那肮脏、多毛的手又败坏了生与死的名称。那真是一个无知的黑夜！身着竖领衬衫和黑色短上衣的文学家们，像杂货铺老板一样买卖着上帝和恶魔，每一座房子里都有人用一个指头弹奏着《一个人的一生》[2]中呆板的波尔卡舞曲，这舞曲成了可恶、庸俗的象征主义的象征。知识分子被大学生的歌曲喂养得太久了，如今，使知识分子们讨厌的是那些世界性的问题，亦即那种来自啤酒瓶的哲学！

与爱尔福特纲领、共产主义的宣言和土地争论的世界相比，所有这一切都是废物。在这里，有其大司祭阿瓦库姆，有其双重性（比如，关于无马的农民）。在这里，在社会革命党和社会民主党深刻的、充满激情的争吵中，可以感觉到斯拉夫派和西欧派古老纷争的延续。

远远地在为这一生活、这一斗争祝福的，是彼此相去甚远的霍米亚科夫[3]、基列耶夫斯基[4]和因其西欧派观点而使人感动的赫尔岑，赫尔岑狂暴的政治思想将永远鸣响下去，就像贝多芬的奏鸣曲一样。

这些人不在买卖生活的意义，他们富有精神；在贫乏的党派争论中，也比列昂尼德·安德列耶夫所有的作品中有更多的生活、更多的音乐。

---

①《战争与和平》的主人公之一。

②安德列耶夫的一部剧作，写于1907年。

③阿列克赛·霍米亚科夫（1804—1860），哲学家、作家、诗人，俄国斯拉夫派的代表人物之一。

④伊万·基列耶夫斯基（1806—1856），哲学家、批评家，俄国斯拉夫的代表人物之一。

科米萨尔热夫斯卡娅[①]

我想做的不是谈论自己，而是跟踪世纪，跟踪时代的喧嚣和生长。我的记忆是与所有个人的东西相敌对的。如果有什么事与我相干，我也只会做个鬼脸，想一想过去。我永远也理解不了托尔斯泰们和阿克萨科夫们，以及那些钟情于家庭记事和史诗般家庭回忆录的巴格罗夫孙子们。[②]我再重复一遍，我的记忆不是爱意的，也不是敌意的，其运动不是以再现为基础，而是以对过去的躲避为基础的。一位平民知识分子是不需要记忆的，他只需谈谈他阅读过的那些书籍，传记便是现成的了。在幸运的前几代人那里，史诗在用六音步扬抑抑格[③]和汇编作着叙述，而在我这里，却只有显露的标志，在我和世纪之间，是一道被喧嚣的时代所充斥的鸿沟，是一块用于家庭和家庭记事的地盘。家庭想说什么？我不知道。家庭天生就是口齿不清的，然而它却有些话要说。我和许多同时代人都背负着天生口齿不清的重负。我们学会的不是张口说话，而是呐呐低语，因此，仅仅是在倾听了越来越高的世纪的喧嚣、在被世纪浪峰的泡沫染白了之后，我们才获得了语言。

革命，本身就是生与死，如今，当人们在当着革命的面闲谈生与死的时候，它是难以忍受的。它的嗓子因为渴望而干涸了，但它不接受来自他

①科米萨尔热夫斯卡娅（1864—1910），俄国女演员，以饰演契诃夫的《海鸥》中的尼娜、易卜生的《玩偶之家》中的娜拉等角色而著称，于1904年在彼得堡创办了新剧院。

②谢尔盖·阿克萨科夫（1791—1859），俄国作家，写有自传体小说《家庭纪事》（1856）和《孙子巴格罗夫的童年》（1858）。

③古希腊史诗常用的一种格律。

人之手的任何一滴水。天性——革命——永恒的渴望、狂热（也许，它羡慕世纪，一个个世纪去到绵羊的饮水场，家庭般恭谦地解了自己的渴。对于革命来说，这种疾病、这种对来自他人之手的东西的恐惧，是典型的，它不敢、它害怕走近生活的源头）。

但是，这些“生活的源头”对革命做了些什么呢？生活源头的大浪在多么无动于衷地流淌！它们在为自己而流淌，在为自己而汇成水流，在为自己而沸腾为喷泉！（“为了我，为了我，为了我。”——革命在说。“你自己来，自己来，自己来。”世界回答道。）

科米萨尔热夫斯卡娅有一副高校女生那样的扁平的背、一颗小小的脑袋和一副为教堂唱诗班而生的嗓门。勃拉维奇[①]演陪审官勃拉克。科米萨尔热夫斯卡娅演海达。[②]无论是行走还是坐下，她都感到无聊。于是，她便永远站着；有时，她会走近易卜生那间教授客厅窗边的蓝色灯笼，久久地站立着，将微微有些驼的、扁平的背部展示给观众。科米萨尔热夫斯卡娅之魅力的秘密何在？她为何能成为像贞德一样的领袖？为什么和她在一起的萨维娜[③]就像是一个逛商场逛得筋疲力竭、显得生命垂危的太太？

实际上，在科米萨尔热夫斯卡娅的身上，俄国知识分子的新教徒精神得到了体现，这是一种独特的、来自艺术和戏剧的新教。她热衷于易卜生，不是没有原因的，她在那种新教的、体面的教授戏剧中达到了炉火纯青的高度。知识分子向来不喜欢戏剧，他们想尽可能朴素、体面地购置一个戏剧偶像。科米萨尔热夫斯卡娅呼应了戏剧中的这一新教，但她走得太远了，步出了俄国戏剧的界限，几乎步入了欧洲戏剧的界限。为了开个头，她抛弃了所有的戏剧虚饰：蜡烛的热度，一排排红色的椅子，丝绒包裹的包厢。古代的半圆形露天剧场，白色的墙，灰色的帷幕，——整洁得

---

①卡济米尔·勃拉维奇（1831—1891），科米萨尔热夫斯基剧院的演员。

②勃拉克和海达都是易卜生的剧作《格达·加布列尔》（1890）中的人物。

③玛丽娅·萨维娜（1854—1915），亚历山大剧院的女演员。

像是在帆船上，赤裸得像是在路德新教的教堂里。此外，科米萨尔热夫斯卡娅还具有一位大悲剧演员的所有天赋，但是，这些天赋还处在萌芽时期。与当时那些俄国演员（也许还包括今天的俄国演员在内）不同，科米萨尔热夫斯卡娅具有一种内在的音乐素质，她能依据语言构造的韵律来提高或降低声音；她的表演有四分之三是台词，同时伴有一些最必需的细微动作，那些动作也是屈指可数的，不外手臂在头上挥一挥之类。在对易卜生和梅特林克的戏剧进行创造时，她对欧洲的戏剧作了一番摸索，她坚信，欧洲不可能给出更好、更多的东西了。

亚历山大剧院那焦黄的馅饼，与总是处于大斋期的这个非肉体的、透明的天地很少相像之处。科米萨尔热夫斯卡娅的小剧院被一种纯教徒式献身精神的氛围所环绕着。我并不认为，某一条戏剧道路就始自此处。这种室内剧从很小的挪威走向我们。摄影师，编外副教授，陪审员，遗失的手稿的可笑悲剧。一位克里斯蒂安尼亚①的药剂师，成功地将雷雨引进了教授的鸡笼，并将海达和勃拉克既不祥又礼貌的争吵提升到了悲剧的高度。对于科米萨尔热夫斯卡娅来说，易卜生只是一家外国旅馆，仅此而已。科米萨尔热夫斯卡娅是从俄国戏剧生活中挣脱出来的，就像是挣脱疯人院一样，——她是自由的，但一颗戏剧的心灵却留存了下来。

当勃拉克俯身在俄国剧院该死的包厢之上时，他忆起了、道出了卡门，亦即那种科米萨尔热夫斯卡娅与之相去无限遥远的东西。她的小剧院的岁月和时辰永远是屈指可数的。人们在这里呼吸着一种戏剧奇迹的荒诞的、不现实的氧气。勃拉克在《戏台》中恶毒地嘲笑了这种戏剧奇迹，因此，演出了《戏台》的科米萨尔热夫斯卡娅也嘲笑了自己。在一片呼哧声和叫喊声、抱怨声和朗诵声中，她的声音成熟了，强大了，像勃拉克的声音一样。戏剧过去、将来都将靠人类的声音而存活。彼得鲁什卡②用铜片

①奥斯陆的旧称。

②俄罗斯民间木偶戏中的一个角色，是个乐观、勇敢、同情弱者的好汉。

抵着上颚，以改变声音。较之于卡门和阿伊达，较之于朗诵的猪拱嘴，彼得鲁什卡更为出色。

“穿着一件不合身的老爷皮袄……”

夜半时分，瓦西里耶夫岛上的几条道上都刮起了暴风雪。蓝色胶盒一样的房间在门洞的角落里闪出灯火。不受营业时间限制的面包铺，将奶味的热气吐到街道上，而钟表匠人却早已关了那充满热烈的唠叨和各种蝉鸣的铺子。

笨拙的看门人，挂着勤杂工号牌的黑熊，在门边打着瞌睡。

在四分之一个世纪之前，就是这个样子。现在，冬季里在那儿闪亮的，是药店的深红色圆球。

我的旅伴走出熊窝般的文学家住宅，走出洞穴式的住宅，那住宅有一盏绿色的、近视的灯和一个笨重的沙发，有一间书房。书房里，吝啬地积攒起来的书籍，像松散的峭壁一样，让人感到有滑坡的危险；我的旅伴走出住宅，这住宅里的烟雾像是有一种受到伤害的自尊心的味道，——我的旅伴真心地快乐起来，他穿着一件不合身的老爷皮袄，向我转过了那张红润的、多刺的、既像俄国人又像蒙古人的脸。

他没有招呼马车过来，而是用一种威风的、寒冷的轰鸣向车夫吼了一声，仿佛，等待着他的呼唤的，不是一匹孱弱的小马，而是整整一群冬季里的猎狗和一批三套马车。

夜。一位穿着一件不合身的老爷皮袄的平民知识分子文学家发脾气。啊！这可是位老相识！在列昂季耶夫[1]的著作中附有一幅画像，画像前衬着一张薄薄的蜡纸，画像上的人头戴一顶法冠式的皮帽。——一头多刺的

---

①康斯坦丁·列昂季耶夫(1831—1891),俄国哲学家、作家。

野兽，严寒和国家的主教。[①]理论在严寒中吱吱作响，就像马拉雪橇下面的滑木。你冷吗，拜占庭？一位穿着不合身的老爷皮袄的平民知识分子作家在感到寒冷，在发着脾气。

诺夫哥罗德人和普斯科夫人，他们在自己的圣像中就这样生着气：一层叠着一层，相互抵着脑袋，俗人们站立着，从左到右，都是争论者和骂人者，他们在将短脖子上一颗颗聪明的农夫脑袋吃惊地转向事件。争论者们那些面向事件的肉乎乎的脸庞和硬绑绑的胡须，带有一种恶毒的惊奇。在那当中，我感觉到了文学恶毒的雏形。

就像诺夫哥罗德人在可怕的法庭上恶毒地凭胡子进行表决一样，一百年来文学也在用一位平民知识分子和一位不得志者火热的斜眼、在用一位俗人的恶毒对事件侧目；这位俗人不合时宜地被唤醒了，被赋予了使命，不，最好是说，被抓着头发拖到历史的拜占庭法庭上做了证人。

文学的恶毒！如果不是你，我又该就着什么吃地上的盐呢？

你是添加在理解之无盐面包上的调味品，你是谬误之欢乐的意识，你是阴谋家之盐，这盐被从一个十年给向另一个十年，带着阴险的鞠躬，装在多面体的盐瓶里，裹着毛巾！正因为如此，我才非常乐意用严寒和带刺的星星扑灭文学的热情。被雪冻得噼啪直响？在寒冷的涅克拉索夫的大街上欢喜热闹？如果指现在，那么是这样的。

代替活人回忆声音的，是模塑品。失明，用听觉去触摸，去认识。可悲的命运！你就这样走进了现在，走进了当代，像是走进了一道干涸的河床。

但要知道，那不是朋友，不是亲近的人，而是陌生的人，遥远的人！装饰着我的住所之空旷的四壁的，永远只有他人声音的面具！回忆一番，——便是孤身一人再循着那干涸的河床走回头路！

第一次文学的相见是无法补救的。一个嗓子干涸的人也是这样。费特

①指列昂季耶夫的保守观点，他拥护君主制国家,还说过“应当把俄国冻一冻”的话。

的夜莺早就熬干了：那是陌生的老爷式的主意，嫉妒的对象，抒情诗，“骑马的或是步行的……”，——“钢琴被完全打开……”，——“不朽的话语之火热的盐……”。[①]

费特那患病的、红肿的眼皮妨碍睡觉。丘特切夫患早期血管硬化，血液中有层石灰质。五六个最后的象征主义的石灰层，像五条福音书的鱼一样，加重了篓子的份量；它们中间有一尾大鱼：《创世纪》。

很难用它们来喂饱饥饿的时代，所以，不得不将所有的五条鱼全部扔出篓子去，包括那条很大的死鱼：《创世纪》。

一个历史时代终结时的抽象概念，总是要发出臭鱼的味道。俄语诗歌那恶毒、欢乐的低语声要更好一些。

对着车夫吼叫的就是弗·瓦·吉比乌斯，一位语文老师，他没有教给孩子们文学，而教给了他们一门有趣得多的学问——文学的恶毒。他为什么要在孩子们的面前发脾气？孩子们是否需要自尊的低语、文学笑话的恶毒口哨？

我当时就明白了，在文学周围有一些见证人，就像文学的家人一样：好吧，即便是些各种各样的普希金学者等等。后来，我认识了几位。与弗·瓦相比，他们是多么地淡而无味啊！

他与其他文学见证人、文学内行的区别，正在于这种恶毒的惊奇。他对待文学，就像对待体温的唯一源头那样，持有一种野兽般的态度。他偎着文学，用毛发和满脸又黄又硬的胡须蹭着它。他就是仇恨喂养了自己的那只母狼的罗慕洛[②]，他在一边仇恨文学，一边教导其他人热爱文学。

去到弗·瓦的家，几乎永远意味着要将他从睡梦中叫醒。他睡在书房里一张硬沙发上，紧紧握着一本旧《天秤座》或《北方的花朵》或“天蝎座”[③]

①均是从费特的诗中摘出的句子，其中最后一句引文不准确。原文为“火热的话语之不朽的盐……”，见《“我是胡须花白的大司祭……”》（1884）一诗。

②罗马国家的奠基者和开国皇帝，传说是由一只母狼喂养大的。

③1900—1916年开办在莫斯科的一家出版社，主要出版象征派诗人和作家的作品。

的书，他受了索洛古勃的毒害，他受到了勃留索夫的伤害，他在睡梦中还记着斯卢切夫斯基的《日内瓦的死刑》[①]中那些野蛮的诗句，他是早期象征主义战斗的年轻僧侣科涅夫斯基和杜勃罗留波夫[②]的同志。

弗·瓦的蛰伏是一种文学的反抗，就像旧《天秤座》杂志和“天蝎座”出版社之纲领的延续一样。被唤醒的他，耍着脾气，面带不善的嘲讽打听这，打听那。但是，他真正的谈话却就是对文学姓名和书籍的逐一提及，带着野兽般的贪婪，带着疯狂却高贵的妒忌。

他生性多疑，他最为恐惧的一种疾病就是喉炎，这种病会妨碍说话。

与此同时，他的个性之所以有力量正在于其话语的能量和发音部位。他对唏辅音、咝辅音和词屋“T”有一种无意识的爱好。他常用学者式的表达方式，非常嗜好齿音和颚音。

自弗·瓦开了头，就是现在，我仍能根据弗·瓦轻盈的手，将早期象征主义想象成这些“щ”音的密林。“在我的头顶有几只鹰，几只说着话的鹰。”就这样，我的老师认为朴素的、孔武的辅音胜过痛苦和进攻、屈辱和自卫。当弗·瓦想起给孩子们朗诵费特的《火烈鸟》一诗时，我才第一次感觉到了俄罗斯话语外在之不和谐音的欢乐。“在弯曲的、神奇的树枝上”：像是有一些蛇挂在课桌上，整整一片咝咝作响的蛇的森林。[③]弗·瓦的蛰伏让我感

---

①斯卢切夫斯基（1837—1904），俄国诗人，他的《日内瓦的死刑之后》一诗写于1881年。

②亚历山大·杜勃罗留波夫（1876—1944?），俄国象征派诗人。

③在这里，回忆一下另一位文学的家人和诗歌的朗诵者是合适的，他的个性以非同寻常的力量体现在独特的发音方式之中，此人就是尼·涅多勃罗沃。（译注：尼古拉·涅多勃罗沃〈1884—1919〉，俄国诗人，阿赫马托娃的朋友。）

涅多勃罗沃是一位刻薄的、彬彬有礼的彼得堡人，后期象征主义沙龙里的一位饶舌者，像一位保守着国家秘密的年轻官吏那样让人捉摸不透，他四处朗诵丘特切夫的诗，像是在为丘特切夫辩护。就是在不朗诵的时候，他的话语也非常清晰，带有张大的元音。那话语像是被录在了一张银色唱片上，而当他读起丘特切夫的时候，尤其是读到阿尔卑斯山的诗句时，如：“那一年在闪着白光”和“霞光在纷纷地倾泻”，——那话语便清晰到了惊人的地步。这时，便开始了敞开的“a”的真正泛滥：似乎，朗诵者刚刚用阿尔卑斯山的冷水漱过喉咙。——作者原注

到害怕，又对我有一种吸引力。

难道，文学就是一头舔着自己爪子的熊，一场劳作后躺在书房沙发上做的沉沉的梦？

我走到他那儿去唤醒这头文学的野兽。听一听他在怎样扯呼，看一看他在怎样翻身：我在走向“俄语”老师的家。所有的精华都包含在这“归家”的历程中，我至今仍很难排除这样一种感觉，即当时我是处在文学自身的家中的。打那之后，文学就从未再是那种几个黄毛男孩并排睡在网式小床上的家、住宅和家庭了。

从拉季舍夫[①]和诺维科夫[②]起，弗·瓦就与俄国作家们建立了私人关系，开始了一种挖苦的、爱慕的相识，这种相识带有高贵的妒忌，带有戏谑的不尊重、血统上的不正义，就像在一个家庭中那样。

知识分子在建设一座树着静立偶像的文学庙宇。比如，科罗连科写兹梁人[③]写得太多，让我觉得，他自己也变成了一个兹梁人的神。弗·瓦教人不要把文学建设成庙宇，而要把文学建立成家族。在文学中，他珍重的是父权制的文化性质。

我没有去爱祭司的灯火，却及时地爱上了文学的（弗·瓦·吉的）恶毒的红色星火，这多么好啊！

弗·瓦之评价的权威，直到现在还在继续左右着我。跟随着他完成的周游俄国文学父权制的漫长旅程，从“诺维科夫和拉季舍夫”开始，直到早期象征主义的科涅维兹岛[④]，这次旅程成了唯一的一次。然后，就只有零散的阅读了。

代替领带晃悠的是一根细绳。在彩色的、没有浆硬的领子中，患了喉

---

①亚历山大·拉季舍夫（1749—1802），俄国作家、思想家。

②尼古拉·诺维科夫（1744—1818），俄国作家、出版家。

③科米人的旧称。

④科涅维兹岛是彼得堡附近的拉多加湖上的一座小岛，俄国早期象征主义曾被人喻作19世纪20世纪初俄国文学中的“科涅维兹岛”。

炎的短脖子的运动是不安的。喉头中发出了嗞嗞作响的、咕咚有声的声音：孔武的“щ”和“г”。

仿佛，这个人经常处在孔武的、热烈的濒死状态中。濒死就存在于他的天性之中，折磨着他，惊扰着他，汲取着他精神实质逐渐干枯的根。

顺便提一句，在象征派作家的日常生活中，常可以进行这样的交谈：“您过得怎么样，伊万·伊万诺维奇？”“没什么，彼得·彼得罗维奇，暂时还活着。”

弗·瓦喜欢那些有力地、幸福地用пламень-камень, любовь-кровь-плоть-Господь[①]来押韵的诗句。

无意识地左右着他的两个词是“生活”和“火焰”。如果让他来照料所有的俄国话语，我并非玩笑地认为，他会粗心地对待一切，会为了“生活”和“火焰”两个词的荣誉而毁灭所有的俄语词汇。

世纪的文学是名门望族的世袭。它的家是一尊满满的杯盏。在一张宽大的桌子边，客人们与瓦尔辛加姆[②]坐在一起。一些新人从严寒中走进门来，脱下了皮袄。天蓝色的潘趣酒的火焰，使来客们想到了自尊、友谊和死亡。一个永远在响的、但似乎是最后一次发出的请求在绕着桌子飞翔：“唱吧，梅里。”[③]这是最后一次宴席那痛苦的请求。

但是，较之于那个尖声唱着苏格兰歌曲的美女，那位嘶哑着嗓门请求她唱歌的人却更让我感到亲切，他的嗓门已被谈话给累坏了。

如果说，我在幻觉中见到了在瓦西里耶夫岛雪封的街道上冲着车夫大嚷的康斯坦丁·列昂季耶夫，那仅仅是由于，在所有的俄国作家中，他比其他人更热衷于利用时代的巨石。他感觉到了世纪，像感觉到了气候一

①意为“火焰——石头”、“爱情——血液”、“肉体——上帝”，每组词在俄语中都是押韵的。

②普希金的剧作《瘟疫流行时的宴席》（1830）中的宴会主席。

③《瘟疫流行时的宴席》中的一句台词。

样，并朝着世纪不时骂上几句。

他本该喊道："嗨，好啊，我们有个光荣的世纪！"——却会喊成这样："碰上这么个干巴巴的日子！"可是事与愿违！舌头粘在嗓子眼上了。严寒灼伤了喉咙，主人冲着世纪的叫喊被水银柱冻凝了。

回首整个俄国文化的19世纪，那破碎的、终结的、任何人都既不敢也不应重复的世纪，我真想把世纪喊住，像喊住稳定的气候一样。我在其中看到了过度寒冷的统一，这寒冷将数十年焊接成了短短的一天、一夜、一个深深的冬天，在这个冬天，可怕的国家体制就像一台散发着冰之寒气的火炉。

在这个俄国文学历史的冬季，我在整体上感觉到了某种老爷式的、使我不安的东西：我颤抖着稍稍掀起作家冬帽上那层薄薄的腊纸。在这一点上，无人有过错，也无任何羞愧之处。野兽不应为自己毛皮而感到羞愧。黑夜为它镶边，冬季为它穿衣。文学，就是一头野兽，一阵穿堂风，就是黑夜和冬季。

第四篇散文

1

文亚明·费奥多罗维奇·卡甘[1]带着一位伯利恒术士和奥德萨牛顿式数学家的聪明算计，接近了这个案子。文亚明·费奥多罗维奇所有的阴谋活动，是建筑在一些无限小事情的基础之上的。文亚明·费奥多罗维奇知道，营救法则的速度将是龟爬式的。

他让自己从教授的匣子里抖落出来，随时走近电话，不拒绝，不躲避，但主要的事情还是在竭力抑制病情危险的发展。

在通过理智的、完全无足轻重的一致奔走（所谓的“张罗”）来营救五条人命的不可思议的案件中[2]，一位教授、而且还是一位数学家的存在，赢得了普遍的满意。

伊赛·别涅季克托维奇[3]自一开始起就表现为这个样子，似乎他的疾病是传染性的，像腥红热一样，因此，他，伊赛·别涅季克托维奇，怕是会被枪毙的。伊赛·别涅季克托维奇徒劳地张罗着。他似乎是在医生们中间不停地奔走，央求能尽快地进行消毒。

如果给伊赛·别涅季克托维奇自由，他会拦下一辆出租车，毫无目的地在莫斯科跑上一圈，并认为这就是一种仪式。

伊赛·别涅季克托维奇提起过、并一直记得，他的妻子留在了彼得堡。

---

①卡甘(1869—1953)，莫斯科大学数学教授。

②当时，有五位银行职员被判死刑，卡甘等人曾出面营救。

③伊赛·别涅季克托维奇·曼德尔施塔姆(1835—1950？)，翻译家，本文作者的远亲。

他甚至把一位有亲戚关系的女伴像女秘书一样带在身边，这位女伴娇小、严厉，话非常多，她已经精心地照料起伊赛·别涅季克托维奇来了。简而言之，在不同的时候与不同的任务交往，伊赛·别涅季克托维奇仿佛使自己成了预防枪毙的疫苗。

伊赛·别涅季克托维奇的所有亲属，都在核桃木的犹太人家的床上死去了。就像一个土耳其人奔向克尔白的那块黑色石头[1]，这些原为贵族血统的拉比[2]、后通过译者伊赛接触到了阿纳托尔·法朗士[3]的彼得堡的资产者们，也纷纷前去朝觐最屠格涅夫式、最莱蒙托夫式的疗养胜地，用治疗使自己做好向彼岸世界过渡的准备。

在彼得堡，伊赛·别涅季克托维奇生活得像一个虔诚的法国人，他喝着自己的汤，挑出诸如鸡汤里的面包块之类无伤大雅的熟悉东西，然后便与职业相符地走向翻译破烂的两位收购者。

伊赛·别涅季克托维奇只在开始张罗的时候显得不错，当时，正值总动员，也就是说，正值战争恐慌时期。然后，他便褪了色，蔫软了，精疲力竭了，于是，亲戚们便合伙将他送回了彼得堡。

我一直感兴趣于这样一个问题：资产者的挑剔，那种所谓的体面，是自何处而来的？体面，这自然就是那种使资产者与动物相类似的东西。成人也需要与两颊绯红的孩子们交往，出于同样的原因，许多党派人士也要在资产者的社会中获得休息。

资产者当然比无产者更纯真，他们离腹腔的世界更近些，离婴儿、猫崽和天使更近些。在俄国，纯真的资产者非常之少，这对真正革命者的消化能力产生了不良的影响。应当保护资产阶级及其纯真的面貌，应当用业余的文娱游戏去吸引他们，在普尔曼的弹簧[1]上哄人睡觉，将白雪般的铁

①克尔白为麦加圣寺内的石殿，其内的黑色石头是穆斯林朝觐的对象。

②拉比是犹太教中负责执掌教规、主持宗教仪式的人士。

③伊赛·曼德尔施塔姆曾翻译过法国作家法朗士的作品。

路大象装进襁褓。

2

一个小男孩，脚蹬羊皮小靴子，身穿波里斯绒上衣，头发上搽了油，鬓角梳得整整齐齐，他置身在母亲、祖母和保姆的包围之中，站在他身边的是一位小厨师或小车夫——即一个仆人的孩子。这群娇纵的、逗哄的、嘟囔着的大天使们，都在逼迫着小少爷：

“打，瓦先卡，打呀!”

瓦先卡立即打了一下，于是，老姑娘们，那些讨厌的癞蛤蟆们，互相推挤着，按住了头上生癣的小车夫。

“打，瓦先卡，打呀，趁我们按着这个黑毛小子，趁我们在这里。”

这是什么？一幅魏涅齐阿诺夫[2]式的风俗画？一位农奴画家的习作？

不。这是头发蓬乱的共青团孩子们在宣传家母亲、祖母和保姆的领导下所进行的训练，以便使他，瓦先卡，发起火来，以便使他，瓦先卡，打起人来，趁我们按着那黑毛小子，趁我们在这里……

“打，瓦先卡，打呀!”

3

一位瘸腿姑娘自街道向我们走来，那街道长长的，像没有电车运行的长夜一样。她把自己的拐杖放在一边，赶紧坐了下来，好显得与众人一样。

这位没有丈夫的女人是谁？就是“轻骑兵”[1]。

①可能是指一种名为“普尔曼式”的铁路客运车厢。

②魏涅齐阿诺夫(1780—1847),俄国画家,俄国风俗画派的奠基人。

我们相互讨要香烟，矫正自己的习惯，把伟大、有力、禁止的班级概念译成了动物般的胆怯公式。动物般的恐惧在打字机上敲响，动物般的恐惧在手纸上进行着习惯的矫正，不断地递上告密，击打躺倒的人，要求对变节者处以死刑。就像一些男孩当众将一只小猫淹死在莫斯科河里一样，我们开心的小伙子们在嬉闹着施压，在课间大休息时玩着“挤油”游戏。唉，挤吧，压吧，但是不能让人看出挤压的究竟是什么人，——这正是私刑的神圣法则。

奥尔登卡的一位掌柜扣了一位女工的秤——弄死他！

一位女收款员故意少找了五个戈比——弄死她！

一位经理一时犯糊涂在什么小事上签了字——弄死他！

一位农夫在粮仓里藏了些黑麦——弄死他！

这位姑娘拄着拐杖，走向我们。她的一只脚短一些，假肢那粗糙的底板使人联想到木质的蹄子。

我们是什么人？我们是不学习的学生。我们是共青团自由民。我们是解答所有神圣问题的捣蛋鬼。

菲利普·菲利佩奇的牙疼得厉害。菲利普·菲利佩奇没有来到班级，也不会来了。我们的学习概念之于科学，就如同木质的蹄子之于腿，但是，这并不使我们感到难为情。

我走向了你们，我的偶蹄目的朋友们，木质的假肢在黄颜色的社会主义联合体中敲响，这个联合体是由逞能的负责人吉别尔[②]那狂妄的想象所缔造的，它是由特维尔大街上一家漂亮的旅馆、夜间电报局或电话局构成的，是由以附设小吃部的剧院休息室为象征的关于世界幸福的幻想构成的，是由站满举手致敬的办事员的无休止的办事处构成的，是由会让嗓子发痒的干燥的电信局空气构成的。

---

①20 世纪 20 至 30 年代在苏联开展的一场青年运动，由共青团广泛介入社会监督，常对各机构、企业进行突击检查。

②吉别尔，《共青团真理报》当时的经济方面的负责人。

在这里，是车站大灯那红色火焰照耀下的无休止的会计之夜。在这里，就像是在普希金的童话中那样，犹太人和青蛙在主持婚礼，也就是说，一个腿像山羊一样细长的花花公子正在举行无休止的婚礼，这位花花公子发出戏剧化的谩骂，与他成双的是来自同一个浴池的不纯净的人——莫斯科的一位棺材匠编辑，这编辑在为周一、周二、周三、周四准备着锦缎覆盖的棺木，他的报纸的尸衣在簌簌作响。他在割断基督历一年中各个月的血管，那些月份还保存着它们那田园诗般的希腊式名称：一月、二月和三月。他是事件和死亡之可怕、无知的兽医，当时代那黑色的马血像喷泉一样迸涌而出，他便会感到兴高采烈。

4

我离开商队旅舍似的改善学者生活状况中央委员会，直接去了《莫斯科共青团报》上班。那里有十二副耳机，几乎全都损坏了，教堂改建成的阅览室里没有书籍，有人蜗牛般地躺在那些圆圆的小沙发上。

由于我的草篮子，由于我不是教授，改善学者生活状况中央委员会里的女仆对我充满了敌意。

白天黑夜我都跑去看水情，我坚信，莫斯科河该死的河水会淹没学者们的克鲁泡特金滨河道，改善学者生活状况委员会的人会打电话叫船过来。

每天早晨，我都要喝些消毒凝乳，就站在大街上端着细颈瓶喝。

我在教授的架子上拿起别人的肥皂，好在夜里洗一洗脸，我一次也没有被抓住。

那里的人来自哈尔科夫和沃罗涅日，所有的人都想去阿拉木图。他们将我当成自己人，对我建议着，哪个共和国最合适去。

许多人都接到了从联盟各地发来的电报，一位拜占庭的小老头前去科夫诺[1]看他的儿子。

改善学者生活状况委员会在夜间锁上门，像要塞一样，我常用棍子敲打窗户。

每一个正派的人都会被电话召到改善学者生活状况委员会去，女仆会在傍晚递给他一张纸条，就像是交给神父的荐亡条。那儿住着作家格林[2]，女仆常用刷子为他刷衣服。我住在改善学者生活状况委员会里，像所有的人一样，也没有任何人来碰我，直到我在仲夏时节离开那里。

当我搬到另一间房子里去的时候，我的皮袄横躺在马车上，久住医院之后出院的人或获释出狱的人往往都像这样。

5

其结果是，在语言手艺中，我看重的只是野肉，只是疯瘤：

整个峡谷伤到了骨头，
由于一只鹰的叫声，——

我就应当这样。

我将世界文学的所有作品划分为已解决的和未解决的两类。前者，是废物，后者，是窃得的空气。对那些写作显然已解决的作家，我想朝他们的脸上啐一口，我想用棍子敲打他们的脑袋，想让他们全都坐在赫尔岑之家[3]的桌子旁，在每个人的面前摆一杯警察茶，把霍因费尔德[4]有力的分析交到他们每个人的手上。

①即考纳斯市，在立陶宛。

②亚力山大·格林(1880—1932)，俄国作家。

③“赫尔岑之家”在莫斯科特维尔林荫道上，是赫尔岑的故居，20世纪20年代曾是作家组织的办公地点。

④阿尔卡基·霍因费尔德（1867—1941)，俄国批评家、翻译家。

我不会允许这样的作家结婚、生孩子。他们怎么能要孩子呢？——要知道，孩子们继续我们的事业，将替我们道尽最重要的事情，可与此同时，父辈已被提前三代预售给了脸上有麻点的魔鬼。

这便是文学的一页。

6

我没有手稿，没有笔记本，没有档案。我没有笔迹，因为我从不书写。在俄罗斯只有我在用嗓子工作，而周围地道的混蛋却在写作。我还是什么见鬼的作家！滚开，傻瓜们！

然而，我却有许多支铅笔，它们都是偷来的，全是彩色的。可以用刮胡刀片将它们削尖。

边缘有些缺口的刮胡刀片，一直被我视为钢铁工业最重要的产品之一。好的刀片像茅草一样锋利、柔软，却不会在手中折断，——不知是火星人的名片，还是中部被钻出一个洞的、行为端正的魔鬼留下的笔记。刮胡刀片，是死亡托拉斯的产品，成群的美国狼和瑞典狼正股东似的走进那死亡托拉斯。

7

我是一个中国人，谁也不理解我。哈尔德[1]笨蛋们！让我们去阿拉木图，那儿的人有着葡萄干般的眼睛，那儿的狗有着鸡蛋般的眼睛，那儿的萨尔特人[2]有着羊一般的眼睛。

哈尔德笨蛋们！让我们去阿塞拜疆！

---

①蒙古人的一支。

②即乌兹别克人。

我曾有一个保护人，他就是人民委员穆拉维扬-姆拉维扬[①]，他是亚美尼亚的人民委员，亚美尼亚是犹太土地上的小妹妹。

他给我发来了一份电报。

我的保护人、人民委员穆拉维扬-姆拉维扬死了。在埃里温，没了这位阴郁的人民委员。

他再也不会乘坐高级包厢去莫斯科了，一路上天真、好奇，就像一个来自土耳其乡下的神父。

哈尔德笨蛋们！让我们去阿塞拜疆！

我有一封给人民委员穆拉维扬的信。我把它带到莫斯科最清洁的使馆街上的亚美尼亚独院里，交给了秘书们。

我差点去了埃里温，离开古老的教育人民委员会去出差，为那所简陋的修道院似的大学中圆脑袋的、腼腆的小伙子们开设可怕的专题讲座。

如果我去了埃里温，我就可能要三天三夜在车站里大大的小吃部里吃抹着红鱼子酱的面包片。

哈尔德笨蛋们啊！

我就可能在路上读一本左琴科[②]最好的书，我就可能像一个偷到了一百卢布的鞑靼人一样开心。

哈尔德笨蛋们！让我们去阿塞拜疆！

我也许会带上勇敢，在黄色的草篮中将它和一大堆散发着碱味的衣服放在一起，我也许会把我的皮袄挂在金色的钉子上。我也许会在埃里温车站走出车厢，一只手拿着冬天的皮袄，另一只手拿着老人用的棍子——我的犹太拐杖。

8

有一句出色的俄语诗，我在莫斯科有狗味的黑夜里不知疲倦地念叨着

①即阿斯卡纳斯·穆拉维扬（1880—1929），20世纪20年代初先后任亚美尼亚外交人民委员和教育人民委员。

②左琴科（1895—1958），俄国作家。

它，像是有一个魔鬼在用这句诗播散着魔力。朋友们，猜一猜这句诗：它像雪橇板一样在雪地上不停书写，它像钥匙一样在城堡里哗哗作响，它像严寒一样射向房间：

……不枪杀狱中不幸的人们。①

这就是信念的象征，这就是一位真正作家、文学之死敌的诗歌信条。

在赫尔岑之家中，有一位只吃奶制品的素食者，他是一位语文学家，——他走着，悄悄地。当人们宰杀时，就这样踮着脚走在血腥的苏维埃土地上，——这个米奇卡·勃拉果依②，这个皇村学校的混蛋，已被布尔什维克为了学术的缘故解决了问题，他正在专门的博物馆里看守着上吊者谢廖沙·叶赛宁的绳子。

我说，去找勃拉果依的中国人，去他的上海！那儿有他的地方！这就是语文学母亲的过去和现在！过去全都是血，是偏执，而现在也全都成了血，成了偏执……

9

在俄国诗人的凶手和此类预备凶手的名单上，还要加上霍因费尔德浑浊的名字。这就是瘫痪的丹特斯③，就是宣传道德感和国家化的莫尼亚舅舅，他完成了他完全陌生的制度的社会定货，他将那一制度视为一种消化不良。

说是因霍因费尔德而死的，这很可笑，就像说是因自行车或鹦鹉嘴而死的一样。但是，文学凶手就可能是一只鹦鹉。例如，我就差点被阿尔别

①这是叶赛宁的《我将不会把你欺骗……》(1923) 一诗中的一句。

②德米特里·勃拉果依（1893—1984)，俄国文艺学家、普希金研究家。

③在决斗中杀死普希金的凶手。

尔特国王陛下和弗拉基米尔·加拉克季奥诺维奇·科罗连科的鹦鹉[1]给杀害了。我很高兴的是，我的凶手还活着，在某种意义上说，比我活得还久。我用糖喂养他，满意地听着他重复着《欧伦施皮格尔》中的一句话："灰烬敲打着我的心"，并将这句诗与另一句同样优美的诗混在一起："世上没有超越词之痛苦的痛苦。"[2]一个能将自己的书定名为《词之痛苦》[3]的人，脑门上天生就带有文学凶手的印记。

我只在一家毫无思想性的小杂志肮脏的编辑部里遇见过霍因费尔德一次。在那个编辑部里，就像在克维西桑的小吃部里一样，挤满了一些幽灵般的身影。那时还没有什么意识形态，如果有人欺负了你，没有人会出面抱怨。当我回想起那种孤儿状态——我们当时得怎样地生活啊！——大滴大滴的泪珠便涌满了双眼。有谁将我介绍给了这位两条腿的批评家，我向他递过手去。

霍因费尔德叔叔！你为何要在苏维埃的二九年出面抱怨《交易所新闻》[4]呢？你最好是去对着身穿清洁的犹太文学背心的普罗珀[5]先生哭泣。你最好是去对一位患有坐骨神经痛、身着犹太服装的银行家诉说自己的痛苦。

10

有一位女秘书[6]，她就是真理，小小的真理，她完全像一只小松鼠，一个小小的啮齿动物。她嗑着核桃接待每一位来访者，跑去接电话时，则像一位没有经验的母亲在奔向生病的婴儿。

---

①革命前，霍因费尔德曾在弗拉基米尔·科罗连科主编的《俄罗斯财富》杂志任评论员。

②这是俄国诗人纳德松的《亲爱的朋友，我知道，我深深地知道……》一诗中的句子。

③《词之痛苦》是霍因费尔德的一部文集，出版于1906年，再版于1927年。

④《交易所新闻》是1880—1917年间在彼得堡出版的一份报纸。

⑤普罗珀是《交易所新闻》的创办人。

⑥据说是指布哈林的女秘书科罗特科娃。

一个可恶的家伙对我说，真理一词用希腊语说就是莫里亚。

这只小松鼠，就是真正的真理，是用大写的希腊文写出的真理。与此同时，她又是另一种真理，她是残忍的党的处女，是党的真理……

这提心吊胆的、令人怜惜的女秘书，不是工作在、而是生活在办公室的前厅里，生活在电话的更衣间里。这放有电话和经典报纸的过道房间里的可怜的莫里亚！

这位女秘书和其他人的区别就在于，她像一个助理护士一样坐在权力的门槛上，像守护一位重病人一样守护着权力的承载者。

11

不，请你们允许我申诉！请你们允许我记录！请允许我，像通常所说的那样，瞧瞧这案子！我恳切地请求你们，不要将我的案子从我这里挪开！诉讼程序还没有结束，我敢向你们保证，它永远也不会结束。先前所进行的，不过是序曲。博济奥[①]本人将在我的案子中歌唱。满脸胡须的学生裹着花毯子，和披着短斗篷的宪兵们混在一起，由一位指挥领头，在疯狂的喜悦中进行着舞蹈般的追悼，从附近法院烟雾缭绕的大厅里抬出了装有我的遗体的警察灵柩。

爸爸，爸爸，爸爸啊！
休的妈妈在哪里？
一场黑色的天花
从福斯普来到这里。

---

①博济奥（1830—1859），意大利女歌唱家，1858—1859年在俄国巡回演出，后因受冻而患肺病，死在俄国。

你的妈妈瞎了一只眼，

案子在用死亡的线缝衣。

亚力山大·伊万诺维奇·赫尔岑！……请允许我自我介绍一下……这似乎是在您的家中……您作为主人在某种程度上也负有责任……

想到国外去？……这里暂时出了些不愉快的事……

亚力山大·伊万诺维奇！老爷！怎么办?！没有任何人可以求助！

12

在我生命的某一个年头，那些来自我所全心敌视的、我不想属于也永远不会属于的那一部落的成年男人们，曾想集体地为我举行一个丑陋的、卑鄙的仪式。这个仪式的名称，就叫做文学割礼或文学奸污，这样的仪式根据作家部落的风俗和日历上的需要经常举行，而且，牺牲则要由酋长来选择。

我坚持认为，在欧洲、尤其是在俄国形成的作家阶层，与我所骄傲的犹太教徒的可敬称号是不相容的。我那受到养羊专家、大主教和沙皇之遗产拖累的血液，在反抗着不肖的作家子孙们不诚实的茨冈人习气。还是一个孩子的时候，我就被一群肮脏的、叽叽喳喳的茨冈人拐走了，他们在自己下流的路途上晃悠了许多年，竭力地向我传授着他们唯一的手艺、唯一的课程、唯一的艺术——偷盗。

作家们，这是一个皮肤带有讨厌的气味、采用最肮脏的方式加工食物的种族。这是一个在自己的呕吐物上生活、过夜的种族，他们被逐出了城市，他们在乡间受到追捕，但是他们每处每刻都离权力很近，权力会在黄色的住宅里像对待妓女一样，为他们腾出一块地方。因为文学每处每刻都在完成同一个使命：帮助长官握有士兵们的服从，帮助法官实施对注定灭亡者的镇压。

作家，这就是鹦鹉和神父的杂种。就鹦鹉这个词最崇高的含义而言，作家就是鹦鹉。如果他的主人是法国人，他就会说法语。但若是被卖到了波斯，他就会说波斯语：“鹦鹉傻瓜”或是“鹦鹉想吃糖”。鹦鹉没有年龄，也不知道白天和黑夜。如果主人玩厌了，就会用一块黑布罩住他，对于文学来说，这便是黑夜的代用品。

13

有过一对谢尼耶兄弟[①]，被鄙视的弟弟整个属于文学，被绞死的哥哥则自己绞死了文学。

监狱的看守们都爱读长篇小说，他们比任何人都更需要文学。

在我生命的那一年，一些满脸胡须、戴着皮帽的成年男人们，将一把利刃带到我这里，想将我阉割。据一切迹象判断，他们是部落中的神父：他们身上散发着葱、长篇小说和山羊肉的味道。一切都很可怕，像是在婴儿的梦境中。

In mezzo del camin del nostra vita[②]——在生活道路的中途，我在苏维埃的密林中被一群强盗拦住了，那群强盗自称是我的法官。他们是些老人，脖子上青筋暴露，鹅头一样的小脑袋，承受不了岁月的重负。

一生中第一次、也是唯一的一次，我需要了文学，而文学搓揉、抓住、抱紧了我，一切都很可怕，像是在婴儿的梦境中。

14

土地和工厂出版社没有与译者霍因费尔德和卡里亚金说清一切，我却

①谢尼耶兄弟，哥哥安德列·谢尼耶（1762—1794），法国诗人、政论家，在雅各宾党专政时期被处死。弟弟马里耶·谢尼耶（1764—1811）。诗人、剧作家。

②此为但丁《神曲》的第一句，意为“尘世的生活已走了一半……”，曼德尔施塔姆所引与原文稍有出入。

为此承担了道德责任。[1]我是贵重毛皮的鞣制专家，我差点被文学的毛皮憋死。我承担着道德责任，就因为我煽起了一位彼得堡无耻之徒的愿望，他想借用一下果戈理那件滚烫的皮袄。作为一个诽谤传闻，那件皮袄是在夜间从最老的一位共青团员——阿卡基·阿卡基耶维奇[2]的身上剥下来的。我也从自己的身上剥下了文学的皮袄，用脚践踏着它。我只穿一件薄上衣，在零下三十度的严寒中沿着莫斯科的环城林荫道跑了三圈。我逃出共青团商场那黄色的医院——走向胸膜炎，走向致命的感冒，只是为了别看见特维尔林荫道上那幢无耻房屋的十二扇灯火通明的犹大窗户，只是为了别听见硬币的声响和计数印张的声音。

15

来自特维尔林荫道的可敬的茨冈人啊！我与你们一同写了一部你们做梦也想不到的小说。我非常爱在正式文件、记录、法官的传票等严肃的文件上看到自己的名字。在这些地方，名字听起来非常地客观，——对于听觉而言，那声音是新鲜的，应当说，是相当有趣的。我自己会立即感兴趣的是：为何我一直没这样做，为何为了那样一个水果，这位曼德尔施塔姆就该长年地做那样的事，这恶棍，他就一直在逃避？他还要逃避多久呢？因此，岁月对于我没什么好处：其他人一年年地越来越受人尊敬，我却相反：时间的倒流。

我有错。这里不可能有两种意见。我不逃避自己的过错。我生活在欠

①这里所指的是这样一件事：1927年夏，土地和工厂出版杜约请曼德尔施塔姆对霍因费尔德和卡里亚金分别译出的比利时作家夏尔·德·科斯特（1827—1879）的小说《欧伦施皮格尔的传说》（1867）进行编辑加工，这部小说于1928年出版时，出版社误将曼德尔施塔姆作为译者写在封面上，由此引起轩然大波，尽管出版杜方面出面作了解释,关于曼德尔施塔姆的流言仍在扩散，曼德尔施塔姆原指望作家组织能出面澄清事实，但他的希望落空了，失望之余，曼德尔施塔坶愤而退出了作家组织。

②果戈理的小说《外套》中的主人公。

账中。我因逃避而获救。我还要逃避多久呢？

当严酷的传票或社会组织那简洁的希腊语提醒来到，当有人要我出卖同谋，停止盗窃行为，说出我是在哪儿拿的假钱，签署一个不离开为我划定之区域的保证书，这时，我立即就同意了，但是马上，像是什么事情都没发生，我再次开始了逃避，无止境地逃避。

首先，我是自什么地方逃出来的，需要把我弄回去，搜寻一番，送走。其次，我被当成了另一个人，无力证明身份。口袋里是破烂；去年的密码笔记、死去亲属们的电话号码和一些不知是何人的地址。第三，我已经同魔鬼或国家出版社签订了一个规模宏大、难以实现的合同，那合同写在一张粘着芥末和胡椒粉、像是沙纸的绘图纸上，在那份合同中，我必须双倍地归还得到的一切，四倍地吐出非法占据的一切，连续十六次地做那不可能做的、不可思议的、却是唯一能够部分地证明我无罪的事情。

我一年年地越来越坏。每当有人用名字和父名喊我，我总是要打一个颤。[①]我无论如何也习惯不了：怎样的荣誉啊！一生中哪怕有人喊过一次伊万·莫伊赛维奇也好啊！唉，伊万，狗！曼德尔施塔姆，狗……对于一个法国人，称亲爱的老师，对我，则称狗。每人都各有自己的称呼啊。

我，一个衰老的人，把自己心脏的残片给了老爷的狗，可它们觉得不够，它们觉得不够。俄国作家们的眼睛带着狗的温情盯着我，央求道：你死吧！这种奴才的恶毒，这种对我的名字下贱的蔑视，自何而来？茨冈人至少还有匹马，——我却同时是一匹马，是一个茨冈人……

严酷的传票就在枕头下面！第四十六份合同代替了花环，十万只燃着的香烟代替了蜡烛……

16

无论我怎样劳动，即便我去赶马，即便我去转动着磨盘，——我仍永

①俄国人的姓名由名、父名和姓三部分组成，以名字和父名称呼人，表示尊敬。

远成不了劳动者。我的劳动，无论怎样表达，仍被视作恶作剧，视作不法行为，视作偶然。但这就是我的命运，我同意这一点。我要用双手来签字。

这里有着不同的态度：对于我来说，在面包圈中有价值的是那个洞孔。该如何对付面包圈中的发面呢？面包圈可以被吃掉，而洞孔却会留下。

真正的劳动，就是布鲁塞尔的花边。那中间最主要的东西，就是视线可以捕捉到的一切：空气，穿透的孔，空缺。

对于我来说，兄弟们，劳动没有好处，它不会被计算进我的工龄。

我们有着劳动的圣经，但是我们却不看重它，这便是左琴科的短篇小说。这惟一一个向我们表现了劳动者的人，却被我们踩进了污泥。我要求在苏维埃联盟所有的城市和村镇为左琴科建立纪念碑，至少，要像为克雷洛夫老爷子做的那样，在夏花园为他建上一座。

就在这个人那儿有空缺在呼吸，就在这个人那儿有布鲁塞尔的花边在生活！

深夜，在伊林卡，中央商场和托拉斯全都入睡了，它们在用亲切的中国话交谈着。深夜，在伊林卡，流传着趣闻逸事。列宁和托洛茨基搂在一起走着，像是什么事情也没发生过一样。一位的手里拿着一只小桶和一根君士坦丁堡的鱼杆。走着两位犹太人，难以分开的两个——一个在问，另一个在答，一个老是在问，另一个老是在说，在说，无论怎样也分不开他俩。

走来一位用手风琴拉着舒伯特乐曲的外国流浪乐师，——这么个失意者，这么个寄生虫……

睡吧，我亲爱的……爱姆-爱司-拜-欧①……

维伊②在红场上读着电话簿。请你们对我抬起眼睛③……就让中央……

①即МСПО，“莫斯科消费者协会联盟”俄文缩写名称的发音。

②果戈理的小说《维伊》中的人物。

③《维伊》中的一句话。

亚美尼亚人带着染成绿色的鲱鱼走出埃里温城。Ich binarm[①]——我很贫穷。

而在阿尔马维尔[②]的城徽上却写着：狗在叫，风在吹。

①德语“我很贫穷。”

②古代亚美尼亚国的都城。

诗人自述*

十月革命不可能不影响到我的工作，……我感激革命，由于它一劳永逸地结束了精神的供给和文化的租金……我感到自己是一个革命的债务人，但我也在带给它一些它此刻还不需要的礼物。

作家该怎样做的问题，对于我来说完全是不明了的：回答这个问题，不啻于臆造出一个作家，而这样的话，又不啻于替这位作家写作他的作品。

此外，我深信，尽管作家依赖于、受制于各种社会力量的相互关系。当代科学仍然不具有呼唤出各种合适作家的任何手段。在优生学的萌芽状态中,每一种文化杂交和文化嫁接都可能给出最意外的结果。更有可能的是读者的储备；为此有个直接的途径：学校。

* 这是诗人对《读者与作家》杂志一份题为“苏联作家与十月革命”的调查表所作的回答，原载该杂志1928年第45期。

文论

阿克梅主义的早晨*

1

尽管带有与艺术作品相关的巨大的情绪激动，我们希望，关于艺术的谈话应以最高度的内容性见长。对于绝大多数人来说，艺术作品之所以诱人，是因为其中渗透着艺术家的世界观。而且，对于艺术家来说，世界观就是工具和设备，如同石匠手中的锤，唯一真实的东西，就是作品本身。

存在，就是一个艺术家最高的自尊心。除存在之外，他不想要另外的天堂，当人们对他谈论现实时，他只会苦笑一下，因为他深知一种更为可信的艺术的现实。一个数学家能不假思索地算出一个九位数的二次幂，这场面叫我们惊诧不已。但是我们常常忽视，一个诗人也能求出一个现象的九次幂，艺术作品简朴的外表时常给我们以假象，使我们无视它所具有的神奇的、浓缩的真实。

这诗歌中的真实，就是自在的词。比如此刻，我在尽可能地用准确的、但绝不是诗歌的方式表达思想，实际上，我用来说话的不是词语，而是意识。聋哑人能很好地彼此理解，铁路信号系统不求助于词语，仍能完成相当复杂的使命。因此，如果把含义当作内容，那么，就得将词中其余的一切都视为一种简单的机械附加物，是用来阻碍思维的快速传递的。“自在的词”的生成是很缓慢的。逐渐地，一个接一个地，词的所有成分都步入了形式的概念，只有有意识的含义，即逻各斯[①]，至今仍被错误地、

* 曼德尔施塔姆的这篇文章写于1912年，原拟与古米廖夫的《象征主义的遗产和阿克梅主义》和戈罗杰茨基的《当代俄国诗歌中的几个流派》两文一同作为阿克梅诗派的宣言发表的，但后来却为古米廖夫和戈罗杰茨基所拒绝。后两文在《阿波罗》杂志1912年第1期上刊出，曼文后来首发于沃罗涅日的《塞壬》杂志1919年第4—5期上。

任意地尊崇为内容。这一毫无必要的尊崇，只会使逻各斯遭受损失。逻各斯只要求与词的其他成分的平等。未来主义者无法将有意识的含义当作创作的素材，轻率地将它抛出了船舷，实质上，他们是在重复其前辈那种愚蠢的错误。

对于阿克梅主义者来说，词的有意识的含义和逻各斯是一种卓越的形式，如同音乐对于象征主义者那样。

如果说，自在的词在未来主义那儿还在四脚着地地爬行，那么，在阿克梅主义中它则首次获得了相称的直立状态，并步入了其存在的石器时代。

2

阿克梅主义的锋刃，不是颓废派的匕首和针芒。对于那些失去建设精神的人来说，阿克梅主义并不胆怯地拒绝其重负，而欢快地接受它，以便唤醒这一重负中沉睡的力并将它用于建筑。建筑师说：我建造，故我正确。在诗歌中我们更珍重这种关于自己之正确的意识，同时，轻蔑地抛弃未来主义者的钓鱼玩具，对于他们来说，用一根编织针去钩钓起一个难词就是最高的享受，而我们则将哥特式带进词的关系，如同塞巴斯蒂安、巴赫在音乐中对哥特式的确立。

有一个疯子才会在不相信材料的真实性的情况下同意建设，他必须克服这一材料的强度。卵石在建筑师的手中变成了实体，对于一个生来不是为了建筑的人来说，那雕凿石头的凿子发出的声音就不是一个形而上的证明。面对花白的芬兰漂砾石，弗拉基米尔·索洛维约夫就曾体验到一种独特的、预言般的恐惧。花岗岩巨块那沉默的语言，像恶毒的魔法一样让他激动。但丘特切夫的石头，“从山上滚下，在山谷静卧，像是自己滚下，

①即理性、理念，古希腊的一个哲学概念，赫拉克利特以它指“物质世界的普遍规律性”，斯多噶派则将其解释为“神秘的宇宙理性”。

又像是被一只思维的巨手推下，”[①]——这则是词。在这意外的坠落中，物质的声音如清晰的话语一般响起。只有建筑能够回答这一召唤。阿克梅主义者虔诚地搬起隐秘的丘特切夫的石头，并将它立为自已大厦的基础。

石头仿佛渴望另一种存在。它自已发现了自身中潜藏的动能——像是在追求“十字形拱”，——加入了与其同类的欢快的相互作用。

3

象征主义者是一些差劲的居家者，他们喜欢旅行，但他们并不舒服，在自身机体的密室中，在那由康德借助其范畴建立的世界的密室中，他们都不自在。顺利地进行建设的首要条件，就是对三维空间真诚的崇拜。不将三维视为累赘或不幸的偶然，而将它视为上帝赐予的宫殿。事实上，您谈论的是一个忘恩负义的客人，他靠主人的钱财过活，利用主人的好客，但与此同时，他却在心底鄙视主人，一直在想着怎样哄骗他。建设只能是面向三维的，因为它是一切建筑的前提。正因为如此，一个建筑家应是一个很好的居家者，而象征主义者是很糟的建筑师。建筑，就意味着去与空旷搏斗，去为空间催眠。哥特式塔楼上那漂亮的尖顶是恶意的，因为它全部的意义就在于刺破天空，抱怨天空的空旷。

4

人的特性，即那种使一个人成为个体的东西，由我们所体现出来，并进入一个重要得多的机体概念。阿克梅主义者与生理上具有天赋的中世纪分享对机体和组织的爱。在对精确的追逐中，19世纪丧失了真正复杂性的

①为丘特切夫的《Problème》（1833；法文：问题）一诗中的话。据说，曼德尔施塔姆的第一部诗集《石头集》（1913）从题名到意象都与丘特切夫的这首诗有关。

秘密。在18世纪被视为机体概念之逻辑发展的东西，如哥特式教堂，如今已是美学上的神奇之物。Notre Dame[①]是生理的节日，是生理的酒神式的狂欢。我们不想在“象征的森林”中散步，因为我们有更纯洁、更茂密的森林——神的生理，我们幽暗机体那无际的复杂性。

中世纪以自己的方式确定了人的比重，它感觉并承认每一个人，而完全不论其功绩的大小。爵位和封号被心甘情愿、毫无疑惑地遵从。最卑微的手艺人和最底层的小职员也具有隐秘、殷实的重要性，具有这一时代独具的虔诚的美德。是的，欧洲穿过了一种透花的、薄薄的文化之迷宫，此时，丝毫不能给个人存在增色的抽象存在，被目为功勋。由此而来的是一种将所有人联结一体的贵族化的亲情，它与大革命的“平等和和睦”相去甚远。没有平等，没有竞争，只有现存的一切为反抗空旷和虚无而结成的同谋。

爱事物的存在甚于爱事物的本身，爱自己的存在甚于爱自己本人，——这就是阿克梅主义的最高诫条。

5

A=A：一个多么出色的诗歌主题。象征主义因同一的法则而苦恼，阿克梅主义则将它作为自己的口号，并用它取代那可疑的a reatibus ad realiora[②]。会时时感到吃惊的能力，是一个诗人的主要美德。但是面对所有法则中最具成效的同一的法则，又怎能不感到吃惊呢？谁在这一法则前充满虔诚的惊奇，谁就无疑是一位诗人。因此，承认同一法则的主权，诗歌就可无条件、无限制地获得对一切存在的终身拥有。逻辑是意外性的王国。思维，从逻辑上说就是不断地吃惊。我们爱过实证的音乐。逻辑的联系，对于我们来说不是一首游戏时的歌，而是一部管乐和歌声的交响曲，这交响乐如

①法文：“我们的妇人”。

②“从真实到最真实”，——维·伊万诺夫在他的《星际之间。哲学、美学和批评经验》（圣彼得堡，1909，第305页）一书中提出的口号。——原注

此难奏，如此充满灵感，以至于指挥不得不使出浑身的解数，好让演奏者们服从他的指挥。

巴赫的音乐多么地令人信服！实证的力量多么强大！证实，无止境地证实：在艺术中相信一个不称职的艺术家，是轻率的、乏昧的……

我们不飞翔，我们只是在攀登那些我们自己能够建造的高塔。

6

中世纪之所以为我们所珍重，是因为它具有高度的界限感和隔阂感。它从不将不同的层面相混淆，并以巨大的克制面对彼岸的一切。那理性和玄学高尚的混合体和那将世界视为一个活的平衡体的感觉，都与这一时代的我们很是亲近，并提醒我们去1200年之前不久[①]的骑士小说中汲取力量。我们将这样证实自己的正确，好让整个因果链从头至尾颤抖着回答我们，我们将学会“更轻松更自如地穿戴存在的活动镣铐”。[②]

---

①约指所谓的“特罗亚时代”，克雷蒂安·蕾·特罗亚（约 1130—约 1191），法国作家，写有多部骑士小说。他所处的时期是欧洲中世纪骑士小说最繁荣的时期。

②语出戈罗杰茨基《开花的手杖》（圣彼得堡，1914）一书中的一首八行诗（见该书第 24 页）。

词与文化

彼得堡街道上的青草，是处女森林最初的萌芽，这森林将覆盖当今诸多城市的处所。这明亮而又温柔、新鲜得惊人的绿色，属于新的有灵性的自然。彼得堡确实是世界上最先进的城市。丈量现代化的步伐即速度的标尺，不是地下铁道和摩天大楼，而是从城市的砖石缝间挤出的快乐的小草。

我们的血液，我们的音乐，我们的国家，——所有这一切都将在新的自然、灵魂的自然那温柔的存在中得到延续。在这没有人的精神的王国中，每棵树都将是女神，每一现象都将谈起自己的变形。

制止吗？为什么？当满怀回归渴望的太阳披着短短的挽具向自己的家奔去时，谁能把它制止？向它献上颂歌，难道不胜过向它乞求施舍吗？

他什么也不明白，
像孩子一样孱弱又胆怯，
陌生的人们为了他
用网捕获了野兽和鱼……

谢谢你们，“陌生的人们”，感谢你们感人的关怀。感谢你们对旧世界温柔的监护，那旧世界“已非此世”，它已完全投向对即将来临的变形的渴望和准备：

我只要一想象那个最忧伤的夜晚，

城中的那夜是我最后的一宿，
我只要一忆起与所有道路的分离，
就是此时泪水仍会从眼里涌出。[①]

是的，旧的世界“已非此世”，但它比任何时候都更具活力。文化成了一座兵营：我们有的不是食品而是大锅饭，不是房间而是斗室，不是服装而是遮体布。我们终于赢得了内在的自由，真正的内在的欢乐。我们饮着陶罐里的水像饮着酒，在修道院的饭堂里比在酒店里更喜欢太阳。苹果，面包，土豆，——从今以后不仅解除肉体的饥饿，也解除精神的饥饿，如今人们所不知道的，只有肉体的饥饿，只有精神的食物。对于他们来说，词就是肉体，普通的面包就是快乐和秘密。

如今，人们分化成了词的朋友和敌人，在这一分化面前，所有其他的分化都黯然失色了。实在的羔羊和公羊。我几乎是肉体地感觉到了来自词的敌人的不洁的羊的气味。后者在所有严肃分歧时提出的论据在此处是完全合适的：我的对手发出难闻的气味。

国家体制世俗化的进程，并未像法国大革命理解得那样，因教会和国家的分离而中止。社会的转折带来了更深刻的世俗化。

国家与文化间有机的新的相互关系的类型，近似于各封地的王公与修道院的关系。王公们支持修道院是为了咨询。这一点显而易见。国家对待文化珍品的暧昧态度，使它自己完全依赖于文化。文化珍品装饰国家政体，授予国家以颜色和形式。如果想要的话，甚至还有性别。国家的大厦、陵墓和门楼上的题字，能保护国家免遭时间的摧毁。

诗歌是一把犁，它能翻耕时间，使时间的深层、时间的黑土面朝上。但是也有这样的时代，人类不满足于眼前的岁月，怀念着过去，像个农夫似的渴望时间的处女地。艺术中的革命不可避免地会导致古典主义。不是

---

①原文为拉丁文，录自奥维德的《哀歌》第一卷第三歌。

因为，大卫夺走了罗伯斯庇尔的收获，而是因为，土地有这样的渴望。

常常听到这样的话：这固然好，但这已是昨天。而我要说：昨天还未降生。昨天还未真正地有过。我希望又一次的奥维德、普希金、卡图卢斯，而历史的奥维德、普希金、卡图卢斯却不能让我满意。

令人吃惊的是，所有的人当真与诗人纠缠在一起，怎么也分解不开。仿佛是，——读了，就得了。用如今的话来说，克服了。完全不是这样。卡图卢斯的银号角：

我们渴望亚洲那些明亮的城市[①]

能比任何未来主义的谜语更强烈地折磨人，惊扰人。这句话不是用俄语说的。但这句话应该用俄语说。我引的是拉丁文的诗，因为它显然会被俄国读者理解为必须的范畴：命令式在其中听起来更是突出。但这也是一切诗歌的特性，因为诗歌是古典的。诗歌应被理解为应该是的东西，而不是已经是的东西。

因此，连一位诗人都未曾有过。我们摆脱了回忆的重负。可是有这么多欢乐的预感：普希金、奥维德、荷马。当一个钟情者于寂静中被一些温柔的名字绊了一个跟头，突然想起，这一切都已有过：语词，头发，公鸡，那只公鸡在窗外鸣叫，它鸣叫的已是奥维德的诗行，一种重复的欢乐占据着它，一种头晕目眩的欢乐：

像饮着暗色的水，我饮着搅混的空气，
时间被犁铧翻耕，玫瑰成为土地。

于是，诗人不再害怕重复，很容易为古典的酒所醉。

---

①录自卡图卢斯的诗，原为拉丁文（XLVI）。

对于一个诗人以为是的东西，对于所有的诗人亦为是。没有必要去创建任何一种流派，没有必要去杜撰自己的诗学。

在词的生活中出现了一个英雄的时代。词就是肉体和面包。词分享着面包和肉体的命运：苦难。人是饥饿的。国家更饥饿。但还有一种越发饥饿的东西：时间。时间想吞食国家。由杰尔查义镌刻在石版上的威胁，号声般地嘹亮。谁能捡起词，并把它展示给时间？没有什么比列昂季耶夫[①]的拜占庭国家更饥饿的了：它比一个饥饿的人还可怕。与怜悯否定词的文化共患难，——这便是一个当代诗人的社会性的道路和功绩。

在那个该听见的人的心里存在着时间，
像你的船舰正驶向深渊……

别向诗歌要求过多的物、具体和材料。这也是一种革命性的饥饿。一种督马[②]式的怀疑。为何非得用手指去触摸？而主要的是，为何要把词与物、与它所指的对象相混淆？

难道物是词的主人？词就是灵魂。活的词并不表示对象，而是像选择住所一样自由地选择对象的这一或那一意义，选择物和可爱的躯体。词围绕着物自由地徘徊，就像灵魂围绕着一具被抛弃的、却未被遗忘的躯体。

关于物所说的一切，也可以换一种方式用形象来说：

抓住漂亮词藻，把它掐死！[③]

如果你能写，如果你会写，你就去写无形象的诗吧。一个盲人刚用能见的手指触上亲爱的脸庞，就立即认出了这张脸，于是，欣喜的泪水，相

①列昂季耶夫（1831－1891），俄国斯拉夫派理论家，主张俄国接近东方，实行所谓的“拜占庭主义”。

②督马（约760—823），约820年率拜占庭人起义的领袖。

③录自魏尔兰的《诗的艺术》，原文为法文。

认的真正欣喜的泪水便会在长期的别离后从他的眼中迸出。一首诗靠内在的形象存活，靠先于写就的诗出现的发声的形式模块存活。尚不存在一个词，而一首诗却已在鸣响了。这是内在的形象在鸣响，这是诗人的听觉在把它触摸。

只有相认的瞬间才使我们感到甜蜜。

如今似乎出现了一种类似教徒祈祷般的无声嗫嚅的现象。在神圣的狂乱中，诗人们在用所有时代、所有文化的语言说话。没有什么是不可能的了。如同一间逝者的房屋对所有的人开放，旧世界的门也在大众面前完全地敞开了。突然间，一切都成了公共的财产。走过去，就能把它抄起。所有的迷宫，所有的秘密，所有的禁区——所有的地方都可以通过了。词成了一个不是七柱、而是千柱的排箫，它充满着所有世纪的灵气。无声嗫嚅中的最美妙之处，就是说话者不懂得他所说的那一语言。他说的是一种完全未知的语气。所有的人和他，都觉得他说的是希腊语或迦勒底语。有一种与博学完全相背的东西。当今的诗歌尽管复杂，尽管有内部的精雕细琢，但仍是天真的：

请听听这朴素的歌……①

当代的综合诗人，我觉得不是魏尔兰，而是某个文化的魏尔伦。对于他来说，旧世界全部的复杂性，就是那杆普希金的排箫。思想、科学体系和国家学说在他体内的歌唱，恰如夜莺和玫瑰在他前辈的体内歌唱。是谁说，革命的起因就是星际空间的饥饿？应该在太空里播种麦粒。

①原文为法文。

论交谈者*

请问，在一个疯子身上，给你们留下最可怕的疯狂印象的会是什么？是那对大张的瞳孔，因为那瞳孔没在注视，它对什么都不注意，它是空洞的。因此，疯子虽在对你们说着一些疯话，但他并未顾及你们，并未顾及你们的存在，似乎他不愿承认你们的存在，他对你们完全不感兴趣。在一个疯子身上，我们感到恐惧的首先就是他对我们所表现出的那种可怕的、绝对的漠然。另一个人对你没有任何兴趣，对于一个人来说，没有比这更可怕的了。文化上的伪装、礼貌具有深刻的意义，借助于这种礼貌，我们每时每刻都在强调彼此之间的兴趣。

通常，一个人如果有什么话要讲，他就会去找人。去寻求听众；而一个诗人却相反，他会逃向“无际波浪的岸边，宽广喧闹的树林”。显而易见的不正常……疯癫的怀疑落到了诗人的身上。当人们将那种只对僵死的对象、只对自然说话而不对活着的兄弟们说话的人称之为疯子时，他们是对的。像赶走一个疯子那样心怀恐惧地赶走诗人，或许也是合理的，如果那诗人的话真的不针对任何人。但是，事情并非如此。

请读者原谅我举了这样一个天真的例子，但在谈到普希金的那只小鸟时，事情就不再那么简单了。在歌唱之前，它还要“倾听上帝的声音”。显然，“自然的交谈”将它与文选中的上帝联系在了一起，——这是最天才的诗人也不敢幻想的荣誉……诗人与谁交谈？一个痛苦的、永远现代的

---

*此文首发于《阿波罗》杂志1913年第3期，手稿中曾被冠以《论诗歌创作中的交往时刻》的题目。

问题。我们假设，某个人完全不顾谈话行为所伴随着的所谓的法律关系（我在说话，这就意味着有人在听，他们不是白白地在听，不是出于客气，而是因为他们必须听），将注意力全部集中在声音效果上。他将声音投向心灵的构造，以其固有的自鸣得意，在他人心理的穹顶下追寻着自己的散步。他注意到了良好的声音效果所产生的声响的增加，并将这一估算称为魔法。在这一点上，他很像法国中世纪谚语中那位自己做弥撒自己听的“prestre Martin”[①]。诗人不仅仅是音乐家，他还是斯特拉第瓦利[②]，制作小提琴的大师，他得计算出“音盒”——即听众心理的比例。弓的拉动或得到雄浑、饱满的音，或发出贫乏、犹豫的声响，全都取决于这些比例。但是，我的朋友们，一出歌剧的存在，却与由何人扮演它、在哪个大厅演出、用什么样的提琴演奏等毫无关系！而诗人却为何就该如此地远虑、操心？诗人的必需就是听众，他们的心理与斯特拉第瓦利制作的“贝壳”同样珍贵，最终，对于他们来说，谁是活生生的小提琴的提供者呢？我们不知道，我们从来也不知道，这些听众在那里……弗朗索瓦·维庸[③]为15世纪中叶的巴黎恶棍们写作，可我们今天却在他的诗行间发现了活生生的魅力……

每个人都有一些朋友。诗人为什么就不能朝向朋友、朝向天然地与他亲近的人们呢？一位航海者在危急关头将一只密封的漂流瓶投进海水，瓶中有他的姓名和他的遭遇记录。许多年之后，在海滩上漫步的我，发现了沙堆中的瓶子，我读了信，知道了事故发生的日期，知道了遇难者最后的愿望。我有权这样做。我并非偷拆了别人的信。密封在瓶子中的信，就是寄给发现这瓶子的人的。我发现了它。这就意味着，我就是那隐秘的收信人。

①法文：“马丁神父”。

②斯特拉第瓦利（1643—1737），意大利著名的小提琴制作家。

③雄庸（1432—1463?），法国诗人。

我的天赋贫乏，我的嗓音不大，
但我生活着，我的存在
会使这大地上的某人好奇：
我的一个遥远的后代，
会在我的诗中发现这一存在；
也许，我能与他心灵相通，
如同我在同辈中找到了朋友，
我将在后代中寻觅读者。

读着巴拉丁斯基[①]的诗。我就觉得有这么一只漂流瓶落到了我的手中。海洋以其巨大的力量帮助了这瓶子，——帮助它完成其使命，一种天意的感觉控制了捡瓶人。航海人将瓶子投进波浪，和巴拉丁斯基寄发此诗，是同样的明确表达出的时刻。那信和那诗均无确切的地址。但是，两者却又都有接收人：信的接收人是那个偶然在沙堆中发现了瓶子的人，诗的接收人就是一位“后代中的读者”。我很想知道，在那些突然读到巴拉丁斯基这些诗句的人当中，有谁会感觉不到一阵喜悦的、动心的震颤，当突然有人高喊我们的名字时，我们常常会感觉到这样的震颤。

我不懂得他人显见的智慧。
我只会将短暂注入诗句。
每个短暂间我都看到世界，
它们充满多变缤纷的游戏。

别骂我，智者们。我与你们何干？

①巴拉丁斯基（1800—1844），俄国诗人；诗句引巴拉丁斯基的一首《无题》(1829)。

我只不过是一片充满火焰的云，
只是一片云。你们看到，我飘着，
呼唤幻想家……我没呼唤你们！①

这几行诗句的令人不快的、阿谀的腔调。与巴拉丁斯基的诗行那深刻、谦逊的品德形成了多么强烈的对比。巴里蒙特在为自己辩护，仿佛是在请求谅解。不可原谅！一个诗人不许这样！这是惟一不能原谅的一点。诗歌就是一种自我正确的意识。丧失这一意识的人是悲哀的。他便显然丧失了支点。第一行诗就杀害了全诗。诗人立即明确无误地宣称，他对我们不感兴趣：

我不懂得他人显见的智慧。

出乎他意料的是，我们偿还给了他一枚同样的硬币：如果你对我们不感兴趣，那么，我们对你也不感兴趣。那什么云呀，它们成群结队的飘浮呀，与我什么相干……真正的云，至少是不会嘲弄人们的。对“交谈者”的拒绝，像一根红线贯穿在我姑且称之为巴里蒙特式的那种诗歌中。不能藐视交谈者：难以理解的、未获承认的他，将残酷地进行报复。我们在他那里寻求对我们之正确的赞同和确认。诗人更且如此。请大家看看，巴里蒙特多么喜欢惊世骇俗地使用直截了当的、硬邦邦的指称词“你”：一个糟糕催眠师的手法。巴里蒙特的“你”永远找不到接收者，就像从一根绷得过紧的弦上射出的箭，它总是脱靶。

如同我在同辈中找到了朋友，
我将在后代里寻觅读者。

---

①引自俄国诗人巴里蒙特（1867—1942）的组诗《梦的轮廓》（1902）。

巴拉丁斯基洞察的目光越过了同代人，——而同代人中有的是朋友，——以便停留在一个未知的、但确定无疑的“读者”身上。而每一个读到巴拉丁斯基诗句的人，都会觉得自己就是这样的“读者”——被射中的、被点了名的“读者”……为什么不是一个活生生的、具体的交谈者，不是“时代的代表”，不是“同辈中的朋友”呢？我的回答是：与一个具体交谈者的交往，会折断诗的翅膀，使它丧失空气和飞翔。诗的空气就是意外。与熟悉的人交谈时，我们只能说出熟悉的话。这，便是一条主宰的、不可动摇的心理法则。它对诗歌的意义是难以估量的。

面对具体的交谈者、“时代”的听众、尤其是“同辈中的朋友”而有的恐惧，顽强地纠缠着所有时代的诗人们。一个诗人越是富有天才，他所怀有的这一恐惧便越是强烈。艺术家与社会之间那种声名狼藉的敌对，即由此而来。对于一个文学家、写作者而言正确的东西，对于一个诗人来说却是绝对不适用的。文学和诗歌的区别在于：文学家总是面对具体的听众、时代活生生的代表。即便在他发出预言的时候，他所指的也是未来的同时代人。文学家必须“高于”、“优越于”社会。训诫，就是文学的神经。因此，对于文学家来说，高高在上的位置是必不可少的。诗歌则是另一回事了。诗人只与潜在交谈者相关联。他没有必要高于自己的时代，优于自己的社会。那个弗朗索瓦·维庸就远远低于15世纪文化中等的道德和精神水准。

普希金和群氓的争端，也可以看作是诗人和我试图点明的具体听众之间那一对抗性矛盾的体现。普希金以惊人的公正给了群氓为自我辩护的权利。原来，群氓已不那么野蛮、不那么不开化了。这些彬彬有礼的、充满美好愿望的“群氓”在诗人面前有什么过错呢？当群氓开始自我辩护，他们的嘴里便会飞出一种不谨慎的表达：它会灌满诗人忍耐的杯盏，燃起他的仇恨：

而我们在听着你哪——

这就是那不知分寸的表达。这些仿佛并无恶意的话语所具有的笨拙的卑鄙，是显而易见的。诗人恰恰在这里愤怒了，打断了群氓的话头，这并不是平白无故的……那伸向施舍物的手的形状，是令人厌恶的，那竖起来准备聆听的耳朵，可以伸向无论什么人——雄辩家、演说家、文学家等的灵感，就是不要伸向诗人的灵感……具体的人们，那构成“群氓”的“诗歌的居民”，允许别人“给他们大胆的教训”，他们做好听任何东西的准备。只要诗人的邮件上写有准确的地址。当孩子和百姓看到信封上有自己的姓名时，他们也就是这样感到荣幸的。有过整个的时代，诗歌的魅力和实质就成了这种远非恶意的需求的牺牲品。80年代的伪公民诗歌和乏味的抒情诗，就是这样。公民的和有倾向性的潮流自身是卓越的：

你可以不做一个诗人，
但你必须做一个公民——①

出色的诗句乘着有力的翅膀飞向潜在的交谈者。但是，您若把那十年间一个完全熟悉、事先知晓的俄国居民放在它的位置上，您马上就会感到无聊。

是的，当我与一个人谈话时，我不知道我在与谁谈话，我不想、也无法想知道他是谁。没有无对话的抒情诗。而将我们推进交谈者怀抱的唯一的东西，就是一种愿望，一种想用自己的语言让人吃惊、想用那预言的新颖和意外让人倾倒的愿望。一个不可拂逆的逻辑。如果我知道我在与谁交

---

①这是俄国诗人涅克拉索夫（1821—1878）的《诗人与公民》（1856）一诗中的句子。

谈，也就是说，我事先就知道他会怎样对待我所说的一切，而无论我说的是什么，那么，我便无法因他的惊喜而惊喜，因他的欢乐而欢乐，因他的喜爱而喜爱。离别的距离会逐渐淡化一个亲近的人的特征。只有到那时，我才会产生一种愿望，向他道出那在他的容貌还历历在目时我无法说出口的重要的话。我试图将这一观察归纳为这样一个公式：交流的兴趣与我们对交谈者的实际了解成反比，与我们欲引起他注意的愿望成正比。声音效果没有必要去关心：它会自动到来。更该关心的是距离。与邻居泛泛而谈是无聊的，无休无止地、令人厌恶地在自己的心灵上钻孔。而与火星交换信号，则是那尊敬交谈者、意识到自己天然正确性的抒情诗歌值得去完成的任务。诗歌的这两个卓越的品质是与“巨大规模的距离”紧密联系在一起的，这一距离也应出现在我们和那未知的朋友——交谈者之间。

我隐秘的朋友，遥远的朋友，
请你望一望。
我，这冷漠的忧伤的
朝霞的光芒……
我又冷漠，我又忧伤，
在一个早上，
我隐秘的朋友，遥远的朋友，
我将会死亡。①

这些诗句若要抵达接收者，就像一个星球在将自己的光投向另一个星球那样，需要一个天文时间。

因此，如果说，某些具体的诗（如题诗或献词）可以是针对具体的人的，那么，作为一个整体的诗歌则永远是朝向一个或远或近总在未来的、未

①引自俄国作家、诗人索洛古勃（1863—1927）的一首《无题》（1898）。

知的接收者，自信的诗人不可以怀疑这样的接收者的存在。只有真实性才能促生另一个真实性。

事情非常简单：如果我们没有熟人，我们就不会给他们写信，也就不会陶醉于写信这一行为所具有的心理上的新鲜和新奇了。

论词的天性 *

我想提出一个问题，这个问题就是：俄国文学是不是统一的？当代俄国文学真的是涅克拉索夫、普希金、杰尔查文或西梅翁·波洛茨基②的文学的延续吗？如果存在着一种继承关系，那么，它对过去的延伸又有多远呢？如果俄国文学具有一种不间断的特性，那么，是什么在决定着它的统一，什么是它本质上的原则，即所谓的“准则”呢？

我所提出的这个问题，由于历史进程的加速会变得尤其尖锐。是的，也许有着将当今历史的每一年当成了一个世纪的夸张，但是，在历史动力和能量那不断积蓄、增长的潜能之汹涌的实现中，可以发现某种类似几何级进步、类似正确合理之加速的东西。由于摇摆的波浪——即在特定时间间隔中发生的事件——的改变。时间统一的概念也被动摇了，于是，当代的数学科学便并非偶然地提出了相对的原则。

为了在现象那变化的旋风和不止的洪流中拯救统一的原则，以柏格森③（其深刻的犹太智慧受到了实践一神论之强烈需求的制约）为代表的当代哲学为我们提出了现象体系学说。柏格森不是在合乎时间先后顺序的现象序列中观察现象，而是在现象的空间延续序列中观察现象。尤其使他感兴趣的，是现象的内在联系。他使这一联系摆脱了时间，他在单独地进行观察。这样一来，相互联系的现象便仿佛构成了一把折扇，各个扇面都可以在时间中展开，但与此同时，它们又都服从于可以理解的收拢。

---

* 此文曾以单行本的形式于 1922 年在哈尔科夫出版。

②西梅翁·波洛茨基（1629—1680），俄国作家、宗教活动家。

③柏格森（1859—1941），法国哲学家。

将在时间中相互联结的现象比作那样一把扇子，这所强调的只是现象的内在联系，取代了那种胆怯地屈从于时间思维、长期使欧洲逻辑学家伤神的因果问题，提出了关系问题，这一问题剥夺了所有的形而上学余味，因为，对于科学发现和假说来说，它更富有成效。

建立在关系原则、而非因果原则上的科学，使我们摆脱了进化理论那愚蠢的无穷，更不用说进化理论那庸俗的附庸——进步理论了。现象没有开端和终结的无止境链条的运动，就是愚蠢的无穷，它不能向寻求统一和关系的思想道出任何东西，它会用轻松的、合适的进化理论来催眠科学的思维，这种进化理论貌似科学的概括，但其目的却是对一切综合和内在构造的拒绝。

19世纪欧洲科学思想在认识即将到来的世纪之性质上所表现出来的含混和庞杂，彻底败坏了科学思想。智慧，不是知识或知识的总和，而是做法、方式、方法，离开科学，它能够独立地存在，可在任何地方为自己找到食物。在旧欧洲的科学生活中寻找这一智慧是徒劳的，人的自由智慧是与科学分离的。它会出现在任何地方，在诗歌中，在经济中，在政治中，等等，就是不会出现在科学中。

说到科学进化理论和进步理论，虽然它像新的欧洲科学一样自己缩起了脖子，但仍继续在那个方向上卖力，就像一个抵达了乏味疆界的疲惫不堪的泅渡者，又返身游向神智学的海岸。神智学是旧的欧洲科学的直接继承人。它的出路也就通向那里。仍是那种愚蠢的无穷，仍是再体现学说中脊椎的缺乏——“因果报应”，仍是对超感觉世界庸俗理解上的愚蠢和天真的唯物主义，仍是追求能动认识的意志和趣味的缺乏，或某种慵懒的杂食，极其沉重的、指望着数千个胃的反刍，与冷漠毗邻的对一切的兴趣。——与无知毗邻的全知。

对于文学来说，进化的理论尤其危险，而进步的理论则简直就是致命的。如果听持进化论观点的文学史家们的话，那么就是，作家思考的仅仅是怎样去打扫自己面临的道路，而完全不去考虑该怎样完成自己的生活事业，或者，他们全都加入了一场旨在改进某种文学机器的发明竞赛，而且还不知道评委会在哪儿，这台机器将用于什么目的。

文学中的进步理论，是一种最愚蠢、最令人生厌的小学生式的无知。文学形式是不断变化的，一些形式会让位于另一些形式。但是，每一次变化、每一个获得都伴随有损失。由于没有任何一台文学机器，没有一个要在别人之前赶去的起点，因此，文学中就没有任何的“更好”，也没有任何的进步。

甚至在个别作家的手法和形式中，这种无意义的优化的理论也是不能被接受的，即便在这里，每一个获得也都同样伴有损失。在《安娜·卡列宁娜》中掌握了福楼拜小说的心理力量和结构的托尔斯泰，其《战争与和平》中那种野兽般的嗅觉和生理的本能哪里去了？在《战争与和平》的作者处，《童年与少年》那种形式的纯净哪儿去了？《鲍里斯·戈都诺夫》的作者即便愿意，也无法再写出皇村学校时期的那些诗作了，完全一样的是，如今谁也写不出杰尔查文的颂诗了。而谁更喜欢哪一部作品，那则是另一回事了。就像存在着两种几何学——欧几里得的几何学和罗巴切夫斯基的几何学一样，也可能存在着用两种手法写出的两种文学史：一种说的是获得，另一种说的是损失，可两者说的都将是同一件事情。

我们再回到原来的问题上来，俄国文学是不是统一的，如果是的。那么其延续的原则是什么？我们从一开始就抛弃了优化的理论，我们谈论的将仅仅是现象的内在联系。首先，我们试图寻找可能存在的统一之准则，寻找那使纷繁、零乱的文学现象得以在时间中展开的轴心。

某一民族文学的统一、假定的统一之准则，只可能是民族的语言，因为其他所有的征兆自身就是假定的、暂时的和随意的。语言虽然也在变化，一刻也未处在宁静中，从一个点奔向语文学家意识中另一个非常明晰的点，但在其所有变化的范围里，它仍然是一个“常量”，仍然保持着内在的统一。每一个语文学家都清楚，什么是适用于语言自我意识的个性的一致。当流行于所有罗曼语系国家的拉丁语开出了新的花朵，培育出了罗曼语系后来诸种语言的萌芽，这时便开始了一种新的文学。与拉丁文学相比，它还很幼稚、贫乏，但这已是罗曼语系的文学了。

当《伊戈尔远征记》的生动、形象的语言响起时，那在每一个转折中都完全是世俗的俄罗斯语言响起时，便开始了俄国的文学。而当维里米尔·赫列勃尼科夫[①]，一个当代俄国作家，沉浸到俄语词源学的最深处，沉浸到聪明读者心爱的词源学之夜中去的时候，那样一种俄国文学、《伊戈尔远征记》的文学便又复活了。俄国的语言和俄国的民族性一样，是由众多无止境的搀合、杂交、授粉和异族影响构成的，但是在有一点上始终是忠于自我的，当我们厨房的拉丁语还没有响起，当强大的废墟上还没有露出新生活的苍白的萌芽，正像一首关于女受难者欧拉里娅的法国民歌所唱的那样：

叶文拉里亚是个好姑娘。
她身体美，心灵更美。[②]

俄国的语言是一种希腊化的语言。受一系列历史前提的制约，希腊文化活的力量将西方让给了拉丁影响，又在无嗣的拜占庭作了时间不长的客串，然后便投进了俄国口头语言的怀抱，并将希腊世界观独特的秘密、将自由表现的秘密带给了这种语言，因此。俄国的语言便成了发声的、说话的肉体。

如果说，西方的文化和历史自外包围着语言，以其国家和教会的厚墙圈起语言，并充斥着语言，为了慢慢地腐烂或在语言衰落的特定时刻开放出花朵，那么，俄国的文化和历史则被俄国口头语言可怕的、无边的自发力量从四面八方包围着，环绕着，这样的语言不具有任何国家的和教会的形式。

①赫列勃尼科夫（1885—1922），俄国诗人。

②原文为法文：欧拉里娅（289—303）是一位贞女。

俄国历史现实中语言的活力，以其存在的丰满压倒了其他所有的事实；对于俄国生活的其他所有现象来说，这种丰满都是一个难以企及的境界。俄国语言的希腊化天性会与其生活性相混淆。希腊式理解上的词，就是一个能动的、解决事件的肉体。因此，俄国的语言自身就是历史的，因为它就其总和而言就是一个汹涌的事件的海洋，是理智的、呼吸着的肉体不间断的体现和行动。没有任何一种语言能比俄国的语言更有力地抵抗指称的、使用的使命。俄国的唯名论，即对自在的词的现实性的认识，鼓舞了我们语言的精神，使我们的语言与希腊哲学文化联系了起来，这一联系不是词源学和文学意义上的，而是通过两者同样具有的内在自由的原则实现的。

任何一种功利主义，都是违背俄国语言希腊化天性的致命的罪过，会不会出现这种为了节约和简化目的而追求电报或速记符号的倾向，或者说，会不会出现一种为神秘的本能、人智说和任何一种吞食一切的没吃饱词的思维而牺牲语言的更高层次上的功利主义，则完全是无关紧要的。

比如，安德列·别雷[1]就是俄国语言生活中一个病态的、令人厌恶的现象，这仅仅是因为，为了排他地迁就其投机思维的热情，他无情地、放肆地驱赶着词。他被精细的连篇废话噎住了，无法牺牲其恶作剧式思维的任何一个语气，任何一个断头，炸毁了其懒惰在其上通过的桥梁。结果，在瞬间的漂亮话之后，是一堆碎石子，一幅忧伤的毁灭画面，它们代替生活的饱满、有机的完整和能动的平衡。像安德列·别雷这样的作家的基本过错，就是对词的希腊化天性的不尊重，是出于自己本能的目的而对词的无情的剥削。

对词表达情感之能力的根深蒂固的怀疑，作为一个主题在俄国诗歌中比在任何一种诗歌中都被重复得更多：

心灵怎样道出自己？

①别雷（1880—1934），俄国作家、诗人。

他人怎样来理解你?

语言就这样使自己免遭放肆的图谋……

语言的发展速度与生活本身的发展毫无共同之处。机械地去促使语言适应生活需要的任何尝试，都事先就注定是失败的。这种强加的、机械的促使，就是对同时是飞毛腿和乌龟的语言的不信任。

赫列勃尼科夫张罗着词，像一个耗子，在地下刨出了一个通向未来整个世纪的通道，与此同时，自称为意象主义者的莫斯科比喻派的代表们，却在竭尽全力地欲使语言适应当代，他们远远地落在了语言的后面，他们的命运，就像一堆废纸屑那样被清扫出去。

恰达耶夫认为，俄罗斯没有历史，也就是说，俄罗斯属于一个无组织、非历史的文化现象圈，但恰达耶夫忽略了一点，即语言。如此高度有组织的、如此有机的语言，不仅是一扇朝向历史的门，而且就是历史本身。对于俄罗斯来说，与历史的脱离，与历史必然性和继承性王国的隔离，与自由和合理目的的隔离，也许就是与语言的隔离。两三代人的“聋哑”，也许会将俄罗斯带向历史的死亡。对于我们来说，与语言的隔离就等于与历史的隔离。因此，说俄国的历史在边缘上行走，在悬崖上行走，每一分钟都准备坠入虚无主义，亦即与词的隔离，这是完全正确的。

在当代俄国作家中。比所有的人都更强烈地感觉到这一危险性的是罗扎诺夫[①]，他在捍卫与词的联系、捍卫语文文化的斗争中度过了一生，那一语文文化是坚定地站立在俄国口头语言的希腊化天性的基础上的。面对一切的无政府主义态度是坚定不疑的，充分的混乱，一切都无关紧要，只有一点我做不到，——过没有词的生活，我无法忍受与词的隔离！这大约就是罗扎诺夫的精神构造。这种无政府主义的、虚无主义的精神只承认一种权力——语言的魔力和词的权力。就这样，请诸位注意，不要做一个诗

①罗扎诺夫（1856—1919），俄国作家、哲学家。

人，一个词的搜集者和串联者，而要简单地去做一个说话者或一个爱唠叨的人，丝毫不要去关注风格。

我认为，罗扎诺夫一生都在一个柔软的空间中摸索，竭力想探出俄国文化的四壁。像恰达耶夫、列昂季耶夫、格尔申宗[①]等其他一些俄国思想家一样，他也无法没有墙壁、没有“卫城”地生活。四周的一切都倾塌了，一切都疏松、柔软。但是我们却想历史地生活着，我们内心有一个不可遏止的需求，要找到一个宫城、卫城的坚果，而不论这个硬核名叫国家还是社会。对坚果的渴望和对任何一种象征这一坚果的墙壁的渴望，决定了罗扎诺夫一生的命运，也能完全使他免遭无原则、无政府主义的指责。

一个人去做整整一代人是沉重的，除了死亡他什么也得不到，我腐烂的时候，却是你开花的时候。而罗扎诺夫没有生活过，他在经历他理智的、思想的死亡。在像一代代人那样死亡。罗扎诺夫的生命，就是语文学的死亡，是语言的凋零和枯萎，是一场为生命而进行的激烈的斗争。这一生命闪烁在单词和口语中，括号和引文中，但它是在语文学中，只在语文学中。

罗扎诺夫对俄国文学的态度，恰恰是非文学的。文学，是一个社会的现象；而语文学，则是一个家庭的、书房的现象。文学，这是演讲，是大街；语文学，则是大学里的研讨班，是家庭。是的，就是大学里的研讨班，那儿有着五位大学生，他们彼此熟悉，能叫得出各自的名字和父名，他们在听着教授的课，大学花园里几个熟悉的树枝探进窗来。语文学是家庭，因为每一个家庭都是以语调、引文和括号为支撑的。一个懒懒道出的词，在家庭里也具有自己的微妙含义。无休止的、独特的、纯语文学意义上的词的音调变化，构成了家庭生活的背景。正因为如此，如此有力地决定着其文学活动整个结构的罗扎诺夫对家庭性的追求，才被我从其心灵的语文学天性中抽取出来，他的心灵在对坚果的不倦寻求中噼噼啪啪地嗑着

①格尔申宗（1860—1925），俄国思想家、文学史家。

自己的词，给我们留下的只有皮壳。罗扎诺夫成了一位无用处的、无成果的作家，便是毫不奇怪的了。

“……多么恐惧，人（永恒的语文学家）为这件事替自己找到了一个词——‘死亡’。难道这件事是可以被称谓的吗？难道它有名字吗？名字即已是定义，即已是‘我们知道了什么’。”罗扎诺夫就这样独特地定义了自己的唯名论。

罗扎诺夫与之斗争的反语文学精神，来自历史的最深处；这一精神也是一团不熄的火，和语文学之火一样。

大地上存在着一些被石油点燃的永恒之火；这种火会突然在什么地方燃起，燃上个数十年。没有阻燃剂，没什么能完全扑灭它。路德[1]就已是一个很糟的语文学家，因为他代替证据步入了墨水瓶。反语文学的火焰映亮了欧洲的躯体，像西方大地上一座座炽热的火山一样燃烧着，使它在其上喷发而出的那片文化土壤永远地荒芜了。没有什么能扑灭饥饿的火焰。应当让它燃烧，让它去席卷那些谁也不需要、谁也不急于赶往的敌对之地。

没有语文学的欧洲，甚至连美洲都不是；这，只是文明了的撒哈拉，是一片荒凉。欧洲的宫城和卫城、哥特式的城市、森林般的大教堂、圆顶的寺院将一如既往地挺立着，但是人们将会不理解地看着它们，带着疑问的恐惧犹豫地问道，是什么样的力量竖起了它们，他们周围强大建筑的脉管中流动着什么样的血液。

有什么话好说！美洲也胜似这目前尚能被理解的欧洲。美洲在用尽自欧洲带去的语文学储备之后，似乎失去了理智，沉思了一阵，然后突然引出了自己的语文学，并从其中刨出了惠特曼[2]，他就像一个新亚当，开始给万物命名，像荷马一样，为一种始初的、新命名的诗歌树立了样板。

---

①马丁·路德（1483—1546），德国宗教改革运动的领袖。

②惠特曼（1819—1892），美国诗人。

俄国不是美洲，我们没有语文学的舶来品；我们这里生长不出一个像埃德加·坡[1]那样的古怪诗人，像由一颗随船漂洋过海的棕榈种子长出一株树那样。巴里蒙特是个例外，他是诗人中最非俄国化的一位，是西方从来不曾有过的风鸣竖琴的异域译者；他天生就是一个译者，是自己最原本的作品的译者。

巴里蒙特在俄国的处境，就是一个不存在的语音强国的外国代表处，是一个无原著的标准翻译的罕见现象。巴里蒙特虽然是个莫斯科人，但在他和俄罗斯之间横亘着一个海洋。

我们没有卫城。我们的文化至今仍在流浪，没有找到自己的国度。然而，达里[2]词典的每一个词却都是一个坚果般的卫城，一座小小的克里姆林宫，一座会飞翔的唯名论的要塞，这座要塞装备着希腊化精神，准备与处处威胁着我们历史的无形式的自发性和虚无作不知疲倦的斗争。

既然罗扎诺夫是我们文学中苦行僧的、乞丐式的家庭希腊化的代表，那么，安年斯基[3]就是英雄主义的希腊化和战斗的语文学的代表。安年斯基的诗歌和悲剧可与古代的要塞、城堡相比拟，它们由封侯的王公们在遥远的草原上筑成，以抵御佩彻涅格人[4]，与哈扎尔人[5]的黑夜相对峙。

> 我不再为我黑暗的命运感到委屈：
> 奥维德也曾赤身露体，疾病缠身。[6]

安年斯基没有能力服务于任何一种影响，没有能力做一个中间人或译

---

①即爱伦·坡（1809—1849），美国作家。

②达里（1801—1872），俄国作家，辞书编纂家。

③安年斯基（1855—1909），俄国诗人。

④古代东南欧的一个突厥系民族。

⑤ 5—10世纪居住在伏尔加河下游地区、顿河地区和喀尔巴阡山地区的突厥部族。

⑥引自安年斯基翻译的魏尔兰的《傍晚》一诗。

者，这简直使人感到吃惊。他最为原本地抓住了别人的东西，但还在空中，在浩渺的高空，他就已放开了自己的猎物，让它自己坠落。他那只曾抓获过欧里庇得斯、马拉梅[①]和勒孔特·德·李勒[②]的诗歌之鹰，却没有给我们抓来任何东西，它的爪子上只有一把干草。

你们注意：一个疯子要敲你们的门，
天知道他在哪儿与何人过了一夜，
他的目光不定，他的话语野蛮，
他的手心里攥着一把碎石子；
一转眼，他就会倒空另一只手，
他会将干枯的树叶向你们投去……[③]

古米廖夫称安年斯基为伟大的欧洲诗人。我认为，当欧洲人有朝一日知道了他，虔敬地在对俄国语言的研习中教育自己的后代，一如前人在古代语言和古典诗歌中接受教育一样，到那时，欧洲人会惊讶于这位杰出窃贼的大胆，他从他们那里为俄国的十四行诗窃得了欧儿里得的母鸽，从菲德拉[④]的肩膀上扯下了古典主义的披巾，并像一个俄国诗人应该做的那样，带着温情向一直感到寒冷的奥维德献上了一张兽皮。

安年斯基的命运多么令人吃惊啊！触摸到了世间的财富，他为自己保存下来的只是可怜的一小把，更确切地说，他抓起了一小把灰烬，然后又把它撒回了燃烧着的西方宝库。所有的人都在睡觉。在安年斯基不寐的时候，俗人们声音嘶哑，还没有出现“路标”。年轻的大学生维亚切斯拉夫·

①马拉梅（1842—1898），法国诗人。

②勒孔特·德·李勒（1818—1894），法国诗人。

③引自安年斯基的《噩梦》一诗。

④菲德拉，希腊神话中克里特王弥诺斯的女儿，忒修斯的妻子，爱上丈夫与其前妻的儿子，遭拒绝后自缢。

伊万诺维奇·伊万诺夫[①]在师从蒙森[②]，用拉丁文写作关于罗马税收的专题论文。与此同时，皇村学校的校长安年斯基却在整夜整夜地与欧里庇得斯搏斗，汲取着智慧的希腊语言的蛇毒，制作着一种苦涩、辛辣诗句的浸液，那样的诗句，在他之前和之后都没有人写过。

对于安年斯基来说，诗歌是一项家庭事业，欧里庇得斯是一位家庭作家，是一连串的引文和括号。安年斯基将整个世界诗歌当成了埃拉多斯[③]投出的一束光线。他懂得距离，感觉到了那束光线的激情和冷漠，从不接近外在的俄国和希腊世界。对于俄国诗歌来说，安年斯基的创作经验就是：不是希腊化，而是完全呼应俄国语言之精神的内在的希腊式，就是说，是一种家庭的希腊精神。希腊精神，就是一只瓦罐，一把炉叉，一只牛奶罐，一件家庭容器，餐具，身边的一切；希腊精神，就是能像神性一样被感觉到的火炉的热量，是使外部世界依附于人的每一种能力，是怀着那种神圣颤抖的感情披上爱人肩膀的每一件衣服：

急速的河流封了冻，
冬天的旋风在疯狂，
它将一层松软的皮肤，
蒙在神圣老人的身上。[④]

希腊精神，这就是容器取代冷漠的物体对人的有意识的包围，是这些物体向容器的转化，是周围世界的人化，是其逐渐稀薄的目的论热能的扩散。希腊精神，这就是每一座火炉，一个人坐在它的旁边，像评估自己内

---

①伊万诺夫（1866—1949），俄国诗人。
②蒙森（1817—1903），德国历史学家。
③希腊语对希腊的称谓。
④引自普希金的长诗《茨冈》。

在的热能一样评估着它的热能。最后，希腊精神，这就是埃及逝者们坟墓般的大船，其上藏有一个人继续其尘世漫游的所有东西，小至香水瓶、镜子和梳子。希腊精神，就是柏格森对词的理解上的一个体系，人可以在自己周围展开这一体系，像展开一把现象的扇子。这些现象独立于时间的决定性，服从于穿越人的“我”的内在联系。在希腊式的理解中，象征就是容器，每一件延伸进入的神圣范围中的物体都可能成为容器，因此，也就都可能成为象征。所以，值得疑问的是：俄国诗歌中是否需要一种特别的、有意为之的象征主义？它是否会成为有悖我们像容器一样为人的需求而创造形象的语言之希腊化天性的过失？

实质上，词和象征并无任何区别。象征就是一个被封了口的形象；它不能被触动，它不适用于日常生活。这样一些被封了口的形象同样是非常必需的。人喜欢禁止，甚至连野人也将有魔力的禁止、将“禁忌”置于特定的物件之上。但是，另一方面，被封了口的、不再使用的形象又是与人相敌对的，它实际上是一个稻草人。

“所有暂时的东西都仅为一种相似。”[①]我们举玫瑰和太阳、鸽子和姑娘为例。这些形象中难道没有一个是本身就有趣的吗？难道玫瑰只是太阳的相似，太阳只是玫瑰的相似，等等？形象像稻草人一样被掏空了内脏，填充进了其他的内容。代替象征主义的“应和森林”的，是一座稻草人作坊。

这便是职业象征主义的追求。认识被搅乱了，没有任何真正的、地道的东西。彼此点着头的“应和”之可怕的对舞，永恒地使着眼色。没有一个明晰的词，只有暗示，吞吞吐吐。玫瑰向姑娘点头，姑娘向玫瑰点头，谁也不想成为自己。

俄国诗歌中相当突出的“路标”团体象征主义者的时代，在近一年里扩展成了一座虽是以黏土的腿为支撑的、然却硕大的建筑，但这一时代最

---

①歌德的《浮士德》第二部结尾的一句话。

好应被定义为一个伪象征主义的时代。但愿这一定义不如人们对古典主义的冠名那样简明易懂，人们曾以学生般的无知给了这一出色的诗歌和拉辛那硕果累累的风格一个绰号：伪古典主义，这一绰号便贴附在这一宏大的风格上了。俄国的伪象征主义，是真正的虚伪的象征主义。茹尔登①在暮年时发现，他一生都一直在用散文说话。俄国象征派也发现了这样的散文：即词的亘古以来的、形象的天性。他们封存了所有的词、所有的形象，只将它们用于弥撒，结果非常地不舒服，无论是通过，是起立，还是坐下。在桌上不能吃饭，因为这不仅仅是桌子，不能点燃火光。因为这会引起使自己也感到不快的东西。

人不再是自己家中的主人。他不得不生活在教堂里，或是在祭司神圣的树林里，人的主人的眼睛无处可以歇息，无处可以得到安慰。整个容器都造反了。扫帚请求下班，陶罐不愿再煮东西，而要求绝对的意义（似乎煮东西并非绝对的意义）。主人被赶出了家，他再也不敢走进家门了。该怎样将词固定在其使命上：难道这就是奴隶制的依附？要知道，词不是物，它的意义绝对不是它自身的翻译。实际上，从来不会有人给一个物施洗，用事先想好的名字去称呼它。

最合适、最正确的态度，就是将词看作形象，亦即词的想象。通过这一途径可以排除形式和内容的问题，如果说语音是形式，那么其余的一切就都是内容。还可以排除另一个问题：词的意义和它发声的天性，何者是第一性的？词的想象是一个复杂的现象组合，一种关系，一个“体系”。词的意义可以被视为一只纸灯笼中燃烧的蜡烛，而反过来，声音的想象，即所谓的音幻觉，又可以位于意义之中，亦如那同样的灯笼中同样的蜡烛。

旧的心理学只会将想象具体化，在克服了天真的唯我论的同时，又将那些想象视为某种外在的东西。在这种情况下，客观存在的因素便成了决

①茹尔登是莫里哀的喜剧《贵族中的小市民》中的人物。

定性的因素。我们意识产品的客观现实那些想象与外部世界的物体相接近，使得想象能被视为某种客观的东西。科学的异常迅速的人化，将认识的理论引入此处，把我们推上了另一条道路。想象不仅能被视为客观的现实，还可以被视为人的器官，和肝、心脏完全一样。

对于词来说，词的想象的这一认识开拓出了新的广阔前景，使得我们可以去幻想建立一种有机的诗学，这一诗学的性质不是立法的，而是生物学的，它为了机体的内部运动而消灭了陈规，它具有生物科学的所有特征。

文学流派不是靠观念而活的，而是靠趣味而活的；只带来了一大堆新的观念，而没有带来新的趣味，这并不意味着建立了一个流派。而只意味着奠基了一种诗学。反过来，仅仅依靠一些趣味而不要任何观念，就可以建立一个流派。据说，信念可以移动群山，可我要说，对于诗学而言，是趣味在动摇群山。正由于这一点，在俄国，在世纪之初，出现了新的趣味，像拉伯雷、莎士比亚和拉辛这样的巨人也挪动了位置，来我们这里做客了。

俄国社会不止一次地体验过对西方文化心脏进行天才阅读的时刻。比如，普希金以及与他同时的整整一代人，就阅读了谢尼耶[①]；比如，接下来的一代，奥陀耶夫斯基[②]的一代，就阅读了谢林[③]、霍夫曼[④]和诺瓦利斯[⑤]。比如，60年代的人就阅读了他们的巴克尔[⑥]，虽然，在后一种情况下，双方都没有什么出众之处，但理想的相遇在这里还是实现了。

如今，一阵风翻过了古典主义者和浪漫主义者的书页，它们展开在时

---

①谢尼耶（1762—1794），法国诗人。

②此处当指作为作家、音乐评论家、哲学学会会长的弗拉基米尔·奥陀耶夫斯基（1803/04？—1869）。

③谢林（1775—1854），德国哲学家。

④霍夫曼(1776—1822)，德国作家。

⑤诺瓦利斯（1772—1801），德国诗人、哲学家。

⑥巴克尔（1821—1862），英国历史学家。

代最为需要的地方。拉辛在《菲德拉》中展开了，霍夫曼在“谢拉皮翁兄弟”中展开了[1]。谢尼耶的韵律和荷马的《伊里昂纪》也都展开了。

完善的勇敢精神的理想，取决于我们时代的风格和实际需求。一切都变得更为沉重、更为巨大了。人比世界上其他所有的东西都更坚硬，这一信念决定了诗歌的祭司性质。

世纪将不再喧嚣，文化将沉睡，民族将再生，把自己最好的力量赋予新的社会阶级，这整个的洪流将把人类词语的脆弱的船带进未来的广阔海洋，那儿没有同情的理解，那儿将有现代人敌意和偏袒的清风去代替忧伤的注释。怎样装备这艘远航的船，要给这船补充上那非常陌生、非常亲爱的读者所需的一切东西？我又一次将诗比喻成一艘死者的埃及航船。生命所需的一切均已备下，在这艘船上无人会被遗忘……

---

①“谢拉皮翁兄弟”是当时出现的一个文学团体，该团体的名称就取自霍夫曼的一部小说。

人道主义与当代

有过这样一些时代，它们宣称它们的事业与人无关，它们需要利用人，像利用砖石、水泥一样地利用人来建设，而不是为着人。社会的建筑是以人的规模为度量的。有时，它也会与人相敌对，用人的屈辱和渺小来滋养它的伟大。

亚述的俘虏们像雏鸡一样在巨大君王的脚下蠕动，体现着与人敌对的国家力量的武士们，在用长矛刺杀被缚的俾格米人，埃及人和埃及的建造者将民众视为材料，一种应当够用、应当按量供应的材料。

但也有另一种社会建筑，其规模、其度量同样是人，但它却不是用人建造的，而是为人建造的；它的伟大不是建立在个性的渺小上，而是建立在与个性的需求相适应的更高层次的目的上。

众人皆能感觉到向前移动的社会建筑之形式的宏大。尚不见高山，高山已将它的阴影抛向我们，我们不习惯社会生活之形式的宏大，而习惯于19 世纪的国家与法的平面，我们怀着恐惧和犹豫在这阴影中前行，不知道这就是即将来临的、黑夜的翅膀或是我们应当步入的故乡城的阴影。

简单的机械的巨大和赤裸裸的数量是与人相敌对的，使我们迷恋的不是一座新的社会金字塔，而是社会的哥特式建筑：重心和力量的自由游戏，人类社会被想象为一座复杂、浓密的建筑森林，在那儿，一切都是有目的的，一切都是个性化的，每一部分都与巨大的整体相呼应。

社会建筑的本能，亦即一种宏大的、仿佛远远超过人的直接要求的生活形式的建造，是人类社会所固有的，并非一个空间的念头在将它左右。

您若是拒绝社会的建筑，那众人皆确信皆需要的最普通的建筑就会倾塌，人的房屋、人类的居所就会倾塌。

在那些受地震威胁的国家里，人们建造低平的房屋，这种对低平的追求，对建筑的拒绝，开始于法国革命，贯穿着整个19世纪的法制的生活，而整个19世纪一直在紧张地期待地下的震动、社会的打击。

但地震也不怜悯那些低平的房屋。混乱的世界闯进了英国的home[①]和德国的Gemüt[②]；混乱在我们俄国的炉子里歌唱，把我们的炉门敲得咚咚响。

为何让人类的居所远离可怕的震动？何处会保证它们的四壁能逃脱历史的地下震动？谁敢说，人类的居所、人的自由的家不该站立在大地上，作为大地最美的装饰和现存的一切中最坚固的物？

近几代人合法的创作，结果并不能保护它赖以生成、它为之努力的一切，白费了脑筋。

任何关于人的权利的法律，任何的私有财产及其不受侵犯的原则，都不再能保护人类的居所，都不再能使家免遭灾难，都既不能提供信心也不能提供保障。

英国人比别人更虚伪地关心个人的法律保障，但是他忘了，home这一概念几个世纪前在他的国家出现时，是一个革命性的概念，是对欧洲第一次社会革命的合理的辩护，那场革命比法国革命更深刻，更接近于我们的时代。

向前移动的社会建筑的巨大，是以这一建筑的使命为前提的，这一使命就是，在世界范围内满足人的需求的原则下组织全球经济，将人的家庭自由拓展于世界件的自由，将人的个人炉灶中的火苗吹燃为宇宙性的大火。

未来对于那些不理解它的人来说是冷漠而又可怕的，但未来那内在的热量，那经济的、目的论的热量，却与烧红的当今生活的火炉一样为当代

①英文：家。

②德文：风俗。

的人道主义者所体察。

如果真正人道主义的辩护不以未来的社会建筑为基础，这一社会建筑就会挤压人，像亚述和巴比伦一样。

人道主义的珍品如今少见了，似乎是停止使用了，被人藏匿了，这件事完全不是一个坏的征兆。人道主义珍品不过是走过去隐藏了起来，像金币一样，但是，作为一种黄金储备，它们却在为当代欧洲的一切思想朝向提供保障，并在暗中更有力地左右那些思想倾向。

向金本位制过渡，这是一件未来的事，在文化领域，当前面临的事就是用欧洲人道主义遗产的金币去兑换时代的思想，即那些纸币。在考古学家的铁铲下，人道主义那漂亮的佛罗伦币[①]将叮当作响，而当它们重见天日，如清脆的能流通的钱币，它们将被无数的手所传递。

①佛罗伦币，佛罗伦萨的金银币，后流通到欧洲许多地方。

书信

致吉比乌斯 *

(1908 年 4 月 19 日—27 日,巴黎)

尊敬的弗拉基米尔·瓦西里耶维奇!

如果您还记得的话,我是曾经许诺过,“等我一安置下来”就给您写信。

但是,我还是没有安置下来,也就是说,在最后的时间之前,我仍没有该做“必需之事”的意识,所以说,我并没有违背自己的诺言。

与您进行交谈,这一直是我的一种需求,虽说我一次也未能向你道出过我认为是重要的东西。

我们之关系的历史,或者,也许该说是我对你的态度的历史,我觉得……一般而言,是相当出色的。

从不久前起,我感到您对我非常有吸引力,与此同时,我也感觉到了某种将我与您隔离开来的距离。

任何一种接近都是不可能的,但是,某些恶意的狂妄之举却获得一种特别的满足,一种凯旋的感觉:“毕竟……”请您原谅我的大胆,如果我说您对于我而言就是某些人所称的“友敌”的话……

对这一感觉的领会,耗费了我大量的劳动和时间……

但是,我一直认为,您是某种宝贵的、同时也是敌对的素质之代表,而且,这一素质的两面性甚至构成了其魅力。

---

* 弗拉基米尔·瓦西里耶维奇·吉比乌斯(1876–1941),诗人,曾任曼德尔施塔姆就读的捷尼舍夫学校的文学课教师,对曼德尔施塔姆产生过较大影响。曼德尔施塔姆在《时代的喧嚣》等诗文中写到过他。

如今，我清楚了，这一素质不是别的，就是宗教文化，我不知道它是否就是基督教的文化，但它无论如何是宗教的文化。

我曾在宗教的环境（家庭和学校）中受到教育，我早就在无望地、柏拉图式地、却又是越来越自觉地追求宗教。我最初的宗教体验，产生在我幼稚地迷恋马克思主义之教条的时期，那些体验与这种迷恋是分不开的。

但是，对我来说，宗教与社会的关系早在童年时期就已经断裂了。

我在易卜生的净化之火中度过了 15 年，我虽然没有坚持住“意志宗教”，但却彻底地站到宗教个人主义和反社会性的立场上来了。

托尔斯泰和豪普特曼被我理解为爱人类的两个最伟大的使徒，我对他们的理解是热烈的，却又是抽象的，就像对“规范哲学”的理解一样。

我的宗教意识从未超出过克鲁特·汉姆生[①]，从未超出过对“潘”[②]、亦即没有意识到的上帝的崇拜，这一意识至今仍是我的“宗教”（哦，请您别担心，这并非“梅奥主义”，总地看来，我与明斯基[③]也毫无共同之处）。

在巴黎，我读了罗扎诺夫[④]，我非常爱他，但爱的不是那种具体的文化内涵，——他以其纯洁的、《圣经》般的恋情迷恋着那一文化内涵。

我对社会、上帝和人没有任何确定的感觉，但我对生活、信念和爱情有着更强烈的爱。

由此，您便能理解我对音乐生活的迷恋了，我与俄国诗人中的勃柳索夫[⑤]一起从法国诗人们那里找到了这种音乐生活。近来，迷住我的，是否定、纯粹的否定之天才的大胆。

我在这里生活得非常孤独，除了诗歌和音乐之外，我几乎什么也不做。

---

①汉姆生（1899—1952），挪威作家，1920 年诺贝尔文学奖获得者。

②即希腊神话中的牧神。

③约指俄国象征主义作家、诗人明斯基（1855—1937）。

④罗扎诺夫（1856—1919），俄国作家。

⑤勃柳索夫（1873—1924），诗人.俄国象征主义诗歌的奠基者之一。

除了魏尔兰之外，我还写了关于罗登巴赫[1]和索洛古勃[2]的文章，我还准备写一写汉姆生。然后，再写一些散文和诗歌。夏天，我打算去意大利，回来后就进大学，系统地研习文学和哲学。请您原谅我：除了谈我自己，我什么都没写到。否则的话，此信就会变成《巴黎通讯》了。

如果您给我回信，也许，请给我谈一些能使我感兴趣的东西。

您的学生奥西普·曼德尔施塔姆

我的地址：rue de La Sorbonne，12.

①罗登巴赫（1855—1898），比利时法语作家。

②索洛古勃（1863—1927），俄国作家、诗人。

致索洛古勃

（1915 年 4 月 27 日）

尊敬的费奥多尔·库兹米奇！

我非常吃惊地读了您的来信。您在信中谈到，您打算离未来主义者、阿克梅主义者及其追随者们远一些。我无法评判您对未来主义者及其“追随者们”的态度，而作为一名阿克梅主义者，我认为有责任向您作如下的提醒：使您脱离阿克梅主义者的主动权，完全属于阿克梅主义者们。您并没有被吸收进“诗人行会”（不依赖于您的愿望），也没有参加过《吉别尔保雷》杂志的工作，没有在“诗人行会”、“吉别尔保雷”和“阿克梅”出版社出过您的书。您也没有参加过真正的阿克梅主义者的公开演出。至于我对您的邀请，请您参加了为给一家医院募捐而在捷尼舍夫学校举行的晚会，那么，我也是以这一学校校友的名义、而不是以某一特定文学团体之代表的身份发出邀请的。的确，有几位阿克梅派人士，包括我在内，曾应您和 A.H.切波塔列夫斯卡娅的邀请拜访过您的家，但在您的来信之后，我有了充分的根据作出结论，这件事是他们的一个错误。

真诚尊敬您的奥西普·曼德尔施塔姆

致妻子*

（1919年12月5日，费奥多西亚）

我可爱的孩子！

这封信能否到达，几乎没有任何指望。明天，科拉切夫斯基要经奥德萨去基辅。求上帝保佑，让你能听到我的话：我的孩子，我不能没有你，我不想没有你，你是我的整个欢乐，你是我亲爱的人；这对于我来说是一清二楚的。你让我觉得是如此地可亲，我每时每刻都在与你交谈，都在唤着你的名字，都在向你抱怨。所有的事情，所有的事情，我都只能说给你听。我可怜的欢乐啊！你是妈妈的“小乖乖”，你也是我的“小乖乖”。我心花怒放，我感谢上帝，因为他把你给了我。和你在一起，我便不会有任何的恐惧、任何的沉重了。

你那只沾上了煤灰的小爪子，你那件蓝色的小裙子，——我记得一切，我什么也没忘记……

请原谅我的软弱，我一直无法表达出我是怎样地爱你。

娜秋莎！如果你此刻出现在这里，——我会高兴得哭起来的。我的小东西，原谅我！让我吻吻你的小脑门——那鼓鼓的、孩子般的小脑门！我的女儿，我的姐妹，我在因你的微笑而微笑，我在寂静中听得见你的声音。

昨天，我在想象中不由自主地“代替你”说道：“我必须找到他。”也就是

---

*诗人的妻子娜杰日达·雅科夫列夫娜·曼德尔施塔姆（娘家姓哈津），是诗人多舛一生中忠诚的伴侣。他俩于1919年相识，1922年结婚。婚后，她一直随诗人过着颠沛流离的生活，还两次陪伴他去流放地。曼德尔施塔姆也很爱妻子，在他们分离的时候，他几乎每天都要给妻子写一封信。曼德尔施塔姆死后，他的妻子一直守着寡，为诗人作品的出版而不懈地奔走。她所著的回忆录，已成为研究诗人创作的珍贵材料，受到普遍的好评。费奥多西亚是克里米亚的一座海滨城市。

说，你是在通过我说话……我俩在一起，就像孩子一样，并不去寻找什么重要的字眼，而是想到什么就说什么。

娜秋莎，无论付出多大的代价，我们都将在一起，我将找到你，我将为你而活着，因为是你给了我生命。这连你自己也不清楚，我的小鸽子，“以自己不朽的温柔”……

娜坚卡！我一下接到了四封信；在一天里，只是现在……我拍了好几次电报：叫人。

现在离开此地的路只有一条开放：奥德萨；离基辅越来越近了。我这两天就走。地址：奥德萨报。莫楚里斯基[①]收。也许可以从奥德萨钻出来：无论如何，无论如何也要赶路……

我在费奥多西亚已经五个星期了。舒拉[②]一直和我在一起。帕里亚也来过。他去了叶夫帕托里亚。卡秋莎·金斯堡住在阿斯托里亚。城里有一册《鳄鱼》！！还有莫尔德金[③]和弗洛曼[④]。（很冷。很暗。“喷泉”。投机商。）没带着你一同旅行，我真不能原谅自己。再见，朋友！愿上帝保佑你！我的孩子！再见！

你的奥·曼：“丑东西”

科拉切夫斯基还要回来。我求他带你来奥德萨。利用一下这个机会吧！

---

①康斯坦丁·莫楚里斯基（1892—1948），批评家，20世纪20年代流亡国外。

②舒拉，即诗人的兄弟亚力山大·曼德尔施塔姆。

③莫尔德金（1881—1944），莫斯科大剧院的芭蕾舞演员，后流亡美国。

④弗洛曼（1890—?），莫斯科大剧院芭蕾舞女演员，后流亡美国。

致父亲

（1923年早春）

亲爱的爸爸！

今天，舒拉要去您那儿住上两三天。我现在不能走，因为我要等布哈林的答复。我昨天去了他那里，他非常关心，今天通过电话与季诺维也夫谈了热尼亚[①]的事。他答应做一切可能做到的事，并建议我与他保持系统的联系。

他还说道："我不能保证……近来中央禁止其成员这样做。只能走间接的路。"

然后，他又说："您（就是指我？）就求他担保，您是个名人（？）。"明天我要去问布哈林，季诺维也夫对他的请求作何答复，有什么"auspicii"，即预兆（布哈林语）。他还问道，共产党员（著名的）中有谁知道热尼亚，显然，他指望他们出面说话。如果可能，您就去研究所的党支部弄一份鉴定热尼亚的声明。一份关于他最近一年间的行为和情绪的意见。我将把它交给布哈林，这会减轻他的负担。我再重复一遍：会见非常地好。谈话持续了很久：20分钟左右。他说，季诺维也夫还将去莫斯科。遗憾的是，我昨天早上不知道，季诺维也夫就在这里。您自己不要去惊动季诺维也夫。

我们一切顺利。只有一件事很糟。虽说必需品不缺，钱最近却很紧。我此时连一分钱也无法寄出。别留舒拉，他应该按期回来，否则就会丢掉工作，而那份工作对于他来说，就是一切。

①热尼亚，即诗人的兄弟叶夫盖尼·曼德尔施塔姆。

主人这两天的到来(为了别留下马丽亚·尼古拉耶夫娜一人)很有必要。只要需要,我自己也可以去。没有人拖累我……

致俄共(布)中央出版局*

(1924年5月)

我们,一些作家,闻俄共中央出版局将组织一次谈论文学政策问题的会议,我们认为有必要使会议了解到如下情况:

我们认为,当代俄语文学的道路——或许还包括我们的道路——是与十月革命后的苏维埃俄罗斯的道路联系在一起的。我们认为,文学应当是新生活的反映者,这一新生活环绕着我们,我们生活于其中,工作于其中;但另一方面,文学也应当是单个写作者的创造,这样的写作者以自己的方式接受世界,并以自己的方式反映世界。我们认为,作家的天赋以及他与时代的呼应,这是作家的两个基本意义:在关于作家职业的这一理解上,有大批的共产党员作家和批评家是与我们手挽着手一同前进的。我们欢迎新作家,欢迎现在进入文学界的工人和农民。我们与他们毫不对立,也不认为他们是敌对的或是我们所陌生的人。他们的劳动和我们的劳动,都是正在走着同一条路、向着同一目标的当代俄语文学之统一的劳动。

新的苏维埃文学之新的道路,是困难的道路,在这些道路上,错误是难免的。我们的错误最使我们自己感到沉重。但是,我们反对针对我们的那些不加区分的攻击。诸如《在岗位上》那样一些杂志的腔调以及它们的批评,还常冒充为俄共的意见,那些批评对我们的文学工作所取的态度显然是抱有成见的、不正确的。我们认为有必要声明,面对文学的这样一种态度,无论是

---

*这是部分苏联作家在1924年5月写给俄共(布)中央的一封信。曼德尔施塔姆也是投书者之一,这封信旨在反对"岗位派"对"同路人"作家的压制和打击。

对于文学还是对于革命，都是不利的，它会败坏作家队伍和读者大众。作为苏维埃俄罗斯的作家，我们相信，我们的写作劳动是有用的，是对苏维埃俄罗斯有益的。

П.萨库林，Н.尼康德罗夫，瓦连金·卡达耶夫，亚力山大·雅科夫廖夫，米哈伊尔·科兹列夫，鲍·皮里尼亚克，谢尔盖·克雷奇科夫，安德列·索波里，谢尔盖·叶赛宁，米·盖拉西莫夫，В.基里洛夫，阿勃拉姆·埃弗罗斯，尤里·索勃廖夫，弗·利金，奥·曼德尔施塔姆，В.利沃夫–罗加切夫斯基，С.波里亚科夫，И.巴别尔，阿·托尔斯泰，叶费姆·佐祖里亚，米哈伊尔·普里什文，马克西米里安·沃罗申，С.费多尔琴科，彼得·奥列申，微拉·英倍尔，尼·吉洪诺夫，米·左琴科，Е.波隆斯卡垭，М.斯洛尼姆斯基，В.卡维林，符·伊万诺夫，Н.尼基金，维·希什科夫，А.恰佩金，М.莎吉娘，О.福尔什。

致妻子

（1926年2月2日，列宁格勒）

我亲爱的娇娇！

你好！你的保姆在与你说话，吻你的小脑门。我很好，孩子。你怎么样？别舍不得写信。

在莫斯科，接我的是形如堂吉诃德的、非常可爱的舒拉。然后我去了帕斯捷尔纳克那儿，见到了他们的男孩。那男孩说："我还小。"他只有两岁半，他想参加大家的谈话。舒拉还未来得及转告你的热尼亚。与阿尼亚通了电话。她说："我有了一份不完整的工作。"她不愿细说。明天我会了解到细节。事情是这样的……（是的，顺便说一说，在莫斯科，帕斯捷尔纳克和我谈了太久的话，我因此误了火车。我的东西9点半就上路了，我拍了一个电报去舒拉要去接站的克林，然后乘了11点开出的下一趟车。到达后，我在政治保安局领到了我的包裹。真是一场奇遇啊！）娜吉卡，事情是这样的：

列宁格勒国家出版社是一个被捅开的蚂蚁窝。一幅不知是抓紧、还是要毁灭的样子。每个人都什么也不知道，什么也不清楚。高尔林面带负罪的笑容摊开双手，他身边只有一些最亲近的助手。公众和太太们已不再来走动。书评还有，但书籍要被寄往莫斯科的一个单位。第一批已经寄出。等它们一返回，就会有一个新的话题。有这样一条标语：做好一切准备，利用最后几周的工作保障自己。我们在国家出版社预支了125卢布，作为最后的结算。今天由于《星》上的"小东西"得到了100卢布。这是别里茨基办的。伊奥诺夫要走。别里茨基留下——暂时地……我拿到了 3 本要评的书。据高尔林的约定，周六要"接通"。《波涛报》里非常安静。他们在抄写，我在修改。他们答应不耽搁。我找到了一个女打字员。今天我就要开始口授。

我见到了可怜的爷爷,他缩成了一团,脑袋痛。我们让他开心了起来。

热尼亚是无可指责的。M.H.像一块空地一样好客。昨天,他们为我烧热了澡堂。热尼亚向我推荐了 1)饭厅,2)明亮的下房,3)近处的单间。我断然拒绝了单间。我们是这样做的:我补偿给娜杰日达 10–15 个卢布,她搬到昏暗的下房去住一个月。热尼亚断言,这是最好的方式,因为我需要一个"家"。

天气很柔和——3–4 度。很容易适应。

因此,亲爱的,2 月已经完全付出去了(《波涛报》+ 国家出版社的 225 卢布)。我还要签一份合同,然后我们又将自由了,从 3 月开始我们就能在一起了。今天我将给福格尔打电话谈石英的事,我会拍电报通知你的。

记住,到了 3 月 1 号,我就随时可能与你在一起了。

可怜的小鸟,你怎么样?快给我拍份详细的电报。

不,我的孩子,我随时可能与你在一起——只要你开口!

主与你同在,亲爱的……你的朋友、兄弟、丈夫……

致阿赫马托娃

（1928 年 8 月 25 日）

亲爱的安娜·安德列耶夫娜，

我们和帕·尼·鲁克尼茨基[①]一起自雅尔塔给您写信，我们三人在这里过着严峻的劳动生活。

我想回家，想见到您。您知道吗，我具有一种进行想象交谈的能力，但只能与两个人进行这样的交谈：尼古拉·斯捷潘诺维奇[②]和您。与科里亚[③]的交谈没有中断，也永远不会中断。10 月我们将回彼得堡小住，不让娜嘉在那里过冬。出于自私的考虑，我们劝说帕·尼·鲁克尼茨基留在了雅尔塔。请给我们来信。

您的奥·曼德尔施塔姆

---

①鲁克尼茨基（1990-？），作家、民俗学家。

②③即诗人古米廖夫。

致《莫斯科晚报》编辑部 *

（1928年）

在旧货市场上转悠时，我认出了我那件大衣，它昨天还挂在我的门厅里，虽说它已被改头换面了，可我仍有权利说上一句："这是件偷来的大衣。"

阿·霍因费尔德

我被迫要来扮演一个我所不习惯的角色——澄清关于盗用他人文学材料的指责。问题出自批评家霍因费尔德在《红色晚报》第338期上发表的一封信，该信谈到了我应土地和工厂出版社之约对《欧伦施皮格尔》旧译所作的加工。

一些出版社愚蠢的做法使我与霍因费尔德发生了冲突，它们擅自匿名出版了数十本经过编校、加工的译作，而且，出版社和译者间的协议总是事后才达成。

尽管如此，我仍认为自己面对翻译同行在道德上负有责任，该书出版后，我首先通知了丝毫不存疑虑的霍因费尔德，并宣布，我以自己所有的文学收入担保，对他的稿酬负责。

不知为何，霍因费尔德对此保持沉默。

他致《红色晚报》编辑部的信成了他的答复。

---

* 为了反驳有关他"剽窃"他人译作的传闻（参见《第四篇散文》），曼德尔施塔姆先后致信《莫斯科晚报》和《文学报》编辑部，澄清有关事实。此信刊于《莫斯科晚报》1928年第288期。

那封信试图从刑法方面提出问题，还谈到了“旧货市场”和“皮袄”，我且将霍因费尔德那封信的腔调和攻击留给他的良心，在此我只想实事求是地对这位可敬的批评家、评论家作出回答。

我要让自己用一种霍因费尔德也许会稍感意外的工作语言来与他交谈，我的工龄——10年间的30余卷——给了我这样说话的权利。我们只有可怜的预算用来再现那些我们应该向读者大众推出的大型文化珍品。对外国经典作家的翻译，只有语言大家才能胜任。目前，出版社还无力将他们动员起来。我们不得不在手工作坊里工作，不断地出版着好于前译的文本。在这里，在重要得多的文化任务——即让每句话听起来都像是俄语并与原作相符——的面前，对照原文的学究气的校对，便退居次席了。对于我们来说重要的就是，使年轻人不要弄混了吉尔·欧伦施皮格尔和威廉·退尔[1]，而对于虚伪的爱书人来说，就是在书架上多一本“无害的书”，在读者的大脑和心灵中多一块空旷的地方。因此，如果说，在一一列举典型之衣服的部分时，女帽竟取代长袜和裙子溜进了文中，我是不会感到害羞的，这些女帽对于科斯特来说是毫不屈辱的，它们正可以端端正正地戴在一个佛拉芒女人的头上。

“而腓力王则处于持续的忧愁和怨恨。在软弱的虚荣之中，他祷告上苍……”（霍因费尔德译文）科斯特难道真的会这样说话吗？我不相信：因为这里有公文式的“处于持续的忧愁”，有斯拉夫式的“上苍”，有同一前置词后带有平行修饰作用之形容词的双重结构。请听听这样的译文：“……与此同时，腓力王在忧愁，在怨恨。虚荣的傻瓜在祈祷上帝……”两个目标不同的动词（“忧愁”和“怨恨”），一个突出的修饰语（“虚荣的”），以及一个顺带挑明的腓力的性格特征（“傻瓜”）。句子的结构使思维的过程更加明确了（我的译例）。我的修改，更确切地说，是我的砍削，布满了大量的文本（18印张），这并不是在作者文本与霍因费尔德文本之间机械地曲折行走，而是对几乎每个句子的有意识的激活。

---

①指德国作家席勒最后一部剧作《威廉·退尔》（1803）中的主人公。

我与假定的翻译语言进行过大量、长期的斗争。那样的语言可怕、刺鼻丑陋，总是会掩盖住原作者。稠粥一样的句法，散文节奏的缺乏，橡皮一样的语言——所有这一切在我们这里并未被视为自作主张。只要马卡罗夫①的词典不感到难受就行。“脚蹄分开的毛茸茸的两腿”（指魔鬼）——这不行，而“分开的两腿”——这倒可以，甚至连霍因费尔德也是这样纠正我的，他比大多数译者都要高出整整一头，但他在自己的《欧伦施皮格尔》中仍给出了一个非常笨重的文本。

但是，我对旧译作的修改是好是坏，或者说，我在旧译作基础上所创造出的新文本是好是坏，这并不重要。难道霍因费尔德能完全不把一位作家的安宁和道德力量当一回事吗？这位作家从2000俄里路以外跑来，为了作出解释，以道明那一荒谬的、遗憾的疏忽（自己的疏忽和出版社的疏忽）。难道霍因费尔德真的想叫我们互相揪住头发打架，让小市民们开心？怎能将作家“黑色的”日常工作与他的生活任务区分开来呢？怎能由于偶然的混乱就来制造出旧时花边“周一”报纸上那样的黑色“文学丑闻”呢？

难道霍因费尔德需要用我来作为一个文学剽窃的例子？

而此刻，在歉意早已道出之后，我要抛弃各种各样的故作多情，我，一个在20年间筑起自己著作之山的俄罗斯诗人和文学家，要来问一问文学批评家霍因费尔德，他怎能有失身份地道出他那句有关“皮袄”的话来呢？我有过错误的一步，——应该坚持要求出版社与译者及时达成过协议；而霍因费尔德的过错，在于他在刊物上歪曲了我的整个作家形象，我的错误和他的过错是完全不同的。他所选择的路是不合适的、渺小的。那里有着对一位文学家和一位较他年少的同时代人的冷漠，有对其劳动的轻蔑，有对文学赖以生存的社会关系和同志关系的扼杀，这让人会为作家，为人感到恐惧。

不好的风俗和习惯应该被拧断脖子，但这并不意味着，作家们应该相互拧脖子。

奥·曼德尔施塔姆

①约指阿列克赛·马卡罗夫（1674/75–1750）。他曾任彼得一世秘书厅的书记。

致《文学报》编辑部 *

（1929 年 5 月 10 日）

尊敬的编辑同志!

请您不要拒绝在近期的《文学报》上刊出以下几点:

作者权的拥有叫做剽窃。

物质财富的拥有被称为偷盗。

显然荒谬的,不充分的、不准确的或有意弄鬼的各种消息的发表,还有诬陷他人的那些毫无根据的决定的发表,叫做报刊上的诽谤。

扎斯拉夫斯基公民对我所采取的行为(见其在《文学报》第 3 期上发表的《谦虚的剽窃和放肆的滥造》一文),即属此列。

致礼。

奥·曼德尔施塔姆

1929 年 5 月 10 日

* 此信刊于 1929 年 5 月 13 日的《文学报》。

致妻子

（1935 年末）

亲爱的娜坚卡! 请原谅电话中愚蠢,讨厌的谈话。我向你提出了一些要求。我发了火。其原因是:对于我来说只有一件事是重要的——何时见到你,请你立即说:我希望找个时候去。如果我听不到这句话,我就会控制不住自己。

娜秋莎:不要去向任何人求任何事。不要求任何人。但是,你试着去了解一下,作家协会,也就是党中央,是怎样回答我的诗和我的信的。为了了解到这一点,只要去和谢尔巴科夫[1]谈一谈就行了。

除此之外,什么也别做。我不希望你变成一个到处找工作的人。少儿出版社欺骗你了吗? 埃弗罗斯的建议怎么样? [2]至少,1 月 20 日之前,我们可以在沃罗涅日见面。我们可以因沃罗涅日而心静。可惜啊! 俩人一同在此,——就是一个冬天的天堂,就有难以描绘的美景。听着,我是怎么来这里的;你去了车站,我去了剧院。我听了有条有理的“导演语言”。演员们开始被我吸引住了。导演们认真地询问我。我在岗位上坚持了两三天。然后,我病倒了。街上出现一个常见的、老式的“小桩子”。一位功勋喜剧演员扶住了我,把我送到了剧院。沃尔夫当着我的面给根肯打了电话:“有个人在我这里工作:他的健康状况使我个人感到要认真抢救……我们应当,等等……”这位沃尔夫啊! 然后,我像个幽灵似的走动,却非常地顺利。我在广播委员会提供了咨询。在

①亚力山大·谢尔巴科夫(1901–1945),1934 年起任苏联作家协会书记。

②阿特拉鲜·埃弗罗斯(1888–1954),戏剧理论家、翻译家。

戈里亚切夫处得到 100 卢布，沃尔夫又加了 50 卢布。在离开前的半小时，一辆坐有副院长和主任的汽车开到了我的面前。他们从内务部弄来了这辆车，司机是位军人。他们把我送进了火车车厢。他们提着箱子。感人的关怀。车厢里很脏，也可以说是龌龊，没有铺位。列车员占了一个包厢。在米丘林斯克给你拍了电报，很快又换了车。夜里 2 点到了唐波夫。非常寒冷。一个童话般安静的外省城市。我被用柴车(这就是此地的马车)永无止境地拉向什么地方，最后来到一处宫殿，它有些像克舍西斯卡娅的府邸，但要大上 10 倍，有带着枪，穿着皮袄的老人看守。顺大理石的阶梯，人们走进地下室，挤进温暖的(有些冷意的)澡堂。这里有一位保姆收洗衣物，挂钟在歌唱，——人们被安置在一个很大的办公室里。这里住有一些心情不佳的突击队员和拖拉机手，还有三两位飞行员和教师。总的说来，还不坏。每天进行松林浴，一天有两种电疗："弗兰克林疗法"[1]和脊椎电疗。院长允许我吹毛求疵(关于住处)。如今在能住 10 个人的空旷病房里只有两个人。这种幸福是暂时的。人员是可怕的。5 个人——这是特权(没有通风装置，但有一些玻璃窗。在我的病房里，窗户是打开的)。

清早，我在半分钟路远的近处租下一间房，房间里带有沙发、布罩、留声机喇叭和仙人掌。我们住在兹那河高高的河岸上。河很宽，要么是显得很宽，像伏尔加河一样。它流进了深蓝色的森林。俄罗斯土地的柔美与和谐使人心旷神怡。非常地道的地方。离中心，乘小公共汽车 10 分钟的路。□望塔，荒废的修道院，生有唇须的肥胖女人。

我有一封戈里亚切夫给音乐学校校长列恩托维奇的信。今天早饭后，我进了城。两位老人(小提琴和钢琴)为我演奏了一首可怕的奏鸣曲，作者是当地的一位作曲家，这部作品准备在沃罗涅日演出。他俩哭了，他俩抱怨了一番。列思托维奇是一位功勋演员。斯梅塔宁[2]也来了，他是当地一位活跃的音

---

①静电疗法。

②格奥尔基·斯梅塔宁(1804–1952)，音乐家，曾执教于唐波夫音乐学校。

乐家。他知道我。我们说好去参加一个晚会。我现在就要去他那里。我在我还没有搬进的自己的房间里写这封信。

娜吉卡,我发疯地想你。你就做件蠢事,来我这里吧。娜吉卡,我,非常爱你,爱得无法说出口!我这里没有你的照片。你在哪儿,亲爱的?快来我这里吧!好吗,孩子?

娜吉卡,我爱你。请回信。你的保姆。

请问,可以在早上8点半给你打电话吗?

地址:唐波夫,滨河街9号,精神病疗养院,电话:1.55。

致特尼扬诺夫*

（1937年1月21日，沃罗涅日）

亲爱的尤里·尼古拉耶维奇!

我想见您一面。有什么办法呢？一个合法的愿望。

请您别把我当成一个幽灵。我还能投下影子。但是近来，我变得能让所有的人理解了。这很可怕。已经四分之一个世纪了，我一直在将重要的事情和鸡毛蒜皮的小事搅和在一起，撞在俄语诗歌之上;但是很快，我的诗句就要和俄语诗歌融为一体了，在它的构造和组成中发生一些变化。

不答复我是很容易的。要想说明戒除书信或便条的理由，是不可能的。您随意行动好了。Θ

您的奥·曼

---

*特尼扬诺夫(1894–1943)，作家、文艺学家。

致楚科夫斯基*

（1937年初，沃罗涅日）

亲爱的科尔涅伊·伊万诺维奇！

在我身上发生的一切，是不可能再持续下去了。无论是我，还是我的妻子，都再也无力延续这种恐惧了。此外，一个坚定的决定已经成熟，要采用一切手段来结束这一切。这并不是“在沃罗涅日的暂时居住”、“行政派遣”等等。这却是：一个得过严重精神病（更确切地说，是折磨人的、忧郁的疯病），在得了这样的病后，在自杀未遂，甚至致残之后，他又立即开始了工作。我说过，指责我的人是对的。我在一切之中找到了历史的意义。很好。我不假思索地工作。他们就为此揍我。他们推开了我。他们完成了精神的拷问。我仍然工作。我放弃了虚荣。如果他们允许我工作，我便视之为奇迹。我认为我们的整个生活都是一个奇迹。一年半之后，我成了一个残废人。那时，没有任何新的原委，他们便夺走了我的一切；生活的权利，劳动的权利，治疗的权利。我被置于狗的境地……我是幽灵。我不存在了。我只有死亡的权利。他们怂恿我和妻子去自杀。向作家协会求助，也没用。他们在推卸责任。世界上只有一个人，我能够，也应该就这件事去求他。人们给他写信，当他们认为这样做是自己的义务时。我不是自己的担保人，不是自己的评估人。这里谈的不是我的信。如果您想使我们摆脱不可避免的死亡——救两个人的命，就请您帮帮忙，劝别人写信。谁如果做了这件事，这就会“砸”在谁的头上，这样想是可笑的。没有其他的出路。这是唯一的历史出路。但是您要知道：我们拒绝

---

* 楚科夫斯基（1982–1969）。作家、文艺学家。

延续我们的濒死状态。每一次,一放走妻子,我的神经就会犯病。看着她,看着她那么痛心,是可怕的。请您想想:她为何要来?用什么来支撑生活呢?我没有履行流放的新判决。我无法做到。

奥·曼德尔施塔姆

疾病。我一刻也不能“独自”呆着。妻子的母亲,一位老太太,刚刚来到我这里。如果让我独自呆着,他们就会送我进疯人院。

致斯塔夫斯基[*]

（1937年6月，莫斯科）

尊敬的斯塔夫斯基同志!

我不得不告诉您，您询问了我的健康状况，可您从文学基金会机关处获得的消息是不准确的。

诊断结果是："中度重慢性病人"，但这一结果并未传达出实情。

实际上，这就是说："不是没有希望的"，——仅此而已。

这些消息与文学基金会和区诊疗所五位医生的书面证明是尖锐对立的。

谨附上证明原件，并提出一个问题：我想活下去，我想工作；值得为我的恢复做最小的一点努力吗?

如果不是现在，那么是何时?

奥·曼德尔施塔姆

P.S.文学基金会的医疗程序实际上是这样进行的：对我进行了检查（在三周的时间内），医生们发现我是一位重病人，而且，——他们决定放弃治疗。

甚至连罗缅科娃教授（内科医生）指定要做的一系列检查也没有进行。最后的诊断还没有作出。治疗方案还没有定出。治疗没有进行。

---

*弗拉基米尔·斯塔夫斯基（1900–1943），苏联作家协会当时的主要负责人，据说，他曾在1938年3月16日致信叶若夫，要求"解决曼德尔施塔姆问题"。

致父亲

（约 1937 年 6 月 10 日，莫斯科）

亲爱的爸爸!

在莫斯科，我一直患病在身。心脏衰竭。现在好些了。我将接受治疗。苏联作家协会给了我帮助。作协还决定举办我的新诗朗诵会。心情很好。非常想工作。我有足够的力气去工作。我们很快将出城去。非常想见到您。一旦可能，我就写信给你，请你来我们这里。热烈地吻你，吻孩子们。向你和妻子致意。

奥夏

<曼德尔施塔姆的弟弟亚力山大附言:>热烈地吻你。6 月 15 日我将汇钱去。我等你的来信。你的舒拉。

致波波娃 *

（1937 年 7 月，萨维洛沃）

亲爱的轻盈的我听了胡桃夹子看了伏尔加河莫斯科河向亚洪托夫致意——曼德尔施塔姆

* 这是一份电文，收件人叶里科尼达·波渡娃 （1903–1964）是一位导演，电文中提到的亚洪托夫是她的丈夫。

致库津 *

（1938 年 2 月 26 日，加里宁）

亲爱的鲍里斯·谢尔盖耶维奇！

我想给您写一封真正的书信，可是我不能。一切都在飞驰。我累了。我一直在等待着什么。请您不要生气。请您给我写信，并原谅我的无能为力。我非常疲惫。这一切会过去的。很想念您。O

奥·曼

* 鲍里新·库津（1903—1973），生物学家，曼德尔施塔姆的好友，诗人曾有多首诗作题献给他。

致斯塔夫斯基

（1938 年 3 月初，加里宁）

尊敬的斯塔夫斯基同志!

卢波尔同志刚刚对我宣布，在一年期问，国家出版社将不会向我提供任何工作。

一位编辑向我作出的建议，就这样被取消了，尽管卢波尔也强调说：“我们早就想出版这本书。”

工作的中断，对于我来说是一个沉重的打击，因为这使治疗失去了所有的意义。前方又将是崩溃。我等着您的帮助——即答复。

奥·曼德尔施塔姆

致库津

（1938年3月10日，萨马吉哈）

亲爱的鲍里斯·谢尔盖耶维奇！

昨天，我从疗养院的道具中拿起一个铃鼓，敲打着它，在自己的房间里跳舞，新环境就这样对我产生了影响。“我有权敲响带铃铛的铃鼓。”在陈旧的俄式澡堂里，有一只松木澡盆。

密林深深，使人禁不住想去确定一下经纬度。

聚来的人很多。与加里宁房东的分手是非常感人的。

我带着大堆的书。而且，带上了一个完整的赫列勃尼科夫。我还不知道该为自己做些什么。在这里，精力当会转变为另一素质。“身体的社会性修理”——这就是说，有人还在等我做出好事，还相信我。这使我害羞，使我高兴。我已对斯塔夫斯基说了，我将在诗歌中为创建性的音乐而战。我对我们生活所有真正的参加者都有一种前所未有的信任，信任的浪潮也在向我涌来。前方还将有许多的曲折和荒谬，——但是，这没什么，没什么，不可怕！我差点儿做了译者。他们给了我龚古尔兄弟的日记。可他们后来又改变了主意。他们暂时还没有给我任何任务。

有趣的是：您刚刚写到了德沃夏克，我就在加里宁买到了一张唱片。斯拉夫舞曲的第一和第八，真是棒极了。对民间题材贝多芬式的处理，音调的丰富，智慧的欢乐和慷慨。

肖斯塔科维奇——列昂尼德·安德列耶夫，这里响着他的第五交响曲。令人生厌的胆怯。《一个人的一生》的波尔卡舞曲。我不能接受。

不是思想。不是数学。不是善。就算是艺术吗：我不能接受。向您问好，并道再见。

我们再谈。

奥·曼

致父亲

（1938 年 4 月中旬，萨马吉哈）

亲爱的爸爸！

我和娜嘉住在疗养院，这已是第二个月了。已住了两个月。我们将在 5 月初离开这里。作家协会（文学基金会）把我们送到了这里。临行之前，我曾想找一份工作做，但是至今还无着落。我们离开这里将去哪里，还不清楚。但是，可以预料，在给予了我们这样的关注之后，将会有工作可做了。这里是一个非常普通、贫瘠、偏僻的地方。乘车在喀山公路上走了四个半小时。然后，又骑马走了 24 公里。我们来的时候，雪还没有融化。我们被安排在一幢单独的小屋里，在这小屋里，除了我们再无他人居住。而在那间主屋里，却充满了喧闹、叫喊、歌唱，充满了谈话和跳舞的声响，使我们感到难以忍受：我们差点儿离开那里回莫斯科了。但不管怎样，我们还是得到了好好的休息，得到了两个月的安宁。我们还将这样休息三周。我的身体好些了。只是还气喘，视力也退化了。没有合适的交往圈子，感到很难受。我很少读书，一读起书，很快就会感到疲劳，眼睛也不好使。

娜嘉的身体也不好。她有肝病或是胃病，有些像是心病性气喘。最新的状况是，经常喘不上气来，老是肚子疼。她大多躺着。该让她在莫斯科检查检查。

我们现在还没有一处安身之地，将来怎样，完全取决于作家协会。已经整整一年了，作协还是不能在原则上作出决定：该如何处理我的新诗，我们靠什么生活。如果我获得了工作，我们就迁到别墅去，一家人住在一起。你马上要来，我们还要带上娜嘉的姐妹安妮娅。她病得很重。我们失去了在莫斯科的住房。但主要的问题是:我们还同时失去了工作。

热烈地吻你,非常想见到你。

你的奥夏

非常为你担心。如果你没有立即回信,我就将拍电报去。

请你立即写信谈谈你自己。

我现在就开始等你的回信,请你谈谈你的身体和心情。

我的地址:列宁铁路线克里万季诺站,萨马吉哈疗养公寓。

请在收信的当天就回信,谈谈你自己。最好是拍份电报,说说身体怎样。

<曼德尔施塔姆妻子的附言:>吻您……请来信……娜嘉。

致家人*

(1938年10月,符拉迪沃斯托克)

亲爱的舒拉!

我现在符拉迪沃斯托克,内务部东北劳动营,第11幢。据特别机关的决定,我因反革命活动被判处五年徒刑。押解队9月9日离开莫斯科,离开布兑卡,10月12日到达。身体非常虚弱,弱到了极点,瘦极了,几乎变了形。我不知道,邮寄东西、食品和钱还有没有意义。还是请你们试一试吧。没有衣被,我被冻僵了。

亲爱的娜坚卡,我不知道,你是否还活着,我的小鸽子。你,舒拉,请立即给我写信谈谈娜嘉。这里是一个中转站。没送我去科雷马。可能要在此过冬。

我的亲人们,我吻你们。

奥夏

舒罗奇卡,我再写两句。这几天我去干活了,这能调整情绪。

许多人离开我们这个中转集中营,去固定地点。我显然被"筛除"了,需要准备过冬了。

我请求你们:给我拍份电报,并电汇一些钱来。

---

*这是现在所能见到的曼德尔施塔姆的最后一封信,甚至也可能是他留下的最后的文字。

附录

文明的儿子[①]

约·布罗茨基

由于某一奇怪的原因，“诗人之死”这一说法听起来总是比“诗人之生”更为具体一些。这也许是因为，“生”和“诗人”作为两个词来说都具有积极的含混，几乎是同义词。而“死”，即便是作为一个词，也像诗人自己的产品、即一首诗那样是确定的。一首诗的主要特征在于其最后一行。一件艺术作品，无论其内容如何，它总是奔向那赋予其形式并否定再生的结局。在一首诗的最后一行之后，除文学批评外再无他物。因此，当我们阅读一位诗人时，我们是在参与他或他的作品的死亡。在曼德尔施塔姆那里，我们参与了两者。

一件艺术作品，总是被赋予超出其创造者之生命的意义。套用一位哲学家的话来说，写诗也是一种死亡的练习[②]。但除了纯语言的需求而外，促使一个人写作的动机并不全然是关于他易腐的肉体的考虑，而是这样一种冲动，他欲将他的世界，即他个人的文明、他自己的非语义学的统一体中某些特定的东西留存下来。艺术与其说是一种更好的存在，不如说是一种可供选择的存在；艺术不是一种逃避现实的尝试，相反，它是一种赋予现实以生气的尝试。艺术是一个寻找肉体却发现了词的灵魂。在曼德尔施塔姆这里，这些词恰好是俄语中的词。

---

① 这是布罗茨基为一部英文版曼德尔施塔姆诗集撰写的序言，后收入布罗茨基的散文集《小于一》。

②柏拉图在其谈话录中记载了苏格拉底说过的这样一句话，大意为哲学家的任务就是练习生与死。

对于灵魂来说也许没有比这更好的居所了，因为俄语是一种非常富于变化的语言。具体说来，名词可以方便地被置于句尾，这个名词（或一个形容词，或一个动词）的词尾又富有性、数、格的不同变化。这一切能使任何描写获得一种知觉上的立体感，（有时）还会使这一知觉更敏锐、更深人。这种效果最好的例证，就是曼德尔施塔姆对他的诗歌最主要的主题之一、即时间主题的处理。

没有什么比用一种分析的方法去对待一个综合的现象更让人奇怪的了，比如，用英语去谈论一位俄国诗人。而关于曼德尔施塔姆，就是用俄语文字来评论他也绝非易事。诗是整个语言的最高结果，去分析诗无异于去放大焦点。对于曼德尔施塔姆最不能这样做，他是俄国诗歌史中一个极其独特的人物，而他的独特之处正在于他的焦点的密实。只有当批评家同时在心理和语言这两个层面上展开工作时，文学批评才可能是合理的。由此看来，无论是在英语还是俄语中，曼德尔施塔姆都将遇上一种“自下而上”的批评。

分析之低级，首先是与主题概念本身有关，无论这一主题是时间、爱情或死亡。诗歌，首先是联想、暗示、语言和隐喻平行线的艺术。“Homo sapiens”和“Homo scriberns”[1]之间有一道鸿沟。因为对一个作家来说，主题概念的出现，就是将上述多种技术和手段加以结合的结果。写作是一个名副其实的存在过程，因为它利用思想服务于其目的，它吸收观念、主题等等，而不是相反。指令一首诗的是语言，我们通常所谓的“缪斯”或“灵感”，其实就是语言的操纵。因此，最好别去谈论曼德尔施塔姆诗歌中的时间主题，而去讨论既作为实体又作为主题的时间本身的存在，因为在一首诗中总有时间的立足之处，这便是停顿。

因为我们十分清楚地知道，曼德尔施塔姆永远不会像歌德那样高呼：“瞬间啊，请停一停！你真美！”他仅仅会尝试着延长他的停顿。进而言

① 这两个拉丁文词组，第一个意为“智慧人”，第二个是布罗茨基自造的，意为“写作人”。

之，他这样做的原因不是因为这一瞬间确实优美或不够优美；他的关切（以及随之而有的技术）是截然不同的。在其头两部诗集[①]中，年轻的曼德尔施塔姆试图传导出一种超饱和的存在，他选择对超载时间的描写来作为他的中介。曼德尔施塔姆这一时期的诗运用词语本身全部的语音和引喻力量，以表现时间的流逝之缓慢、黏滞的感觉。由于他的成功（他总能获得成功），便形成这样一种效果，即读者感到这些词、甚至是词中的字母，尤其是元音字母，都成了几乎可以触摸到的时间的容器。

另一方面，他的诗又绝非对往昔的追寻，他也不迷恋于重现和反思过去。在诗中，曼德尔施塔姆很少朝后看；他全身心地处在现时，处于这一时刻，他也使这一时刻延续并超出了它的自然限度。过去，无论是个人的过去还是历史的过去，都已被词本身的渊源所遮盖。虽然他对时间的处理是非普鲁斯特的，但其诗歌的密实与那位伟大法国人的散文仍有些相近。就某种意义而言，这是一场同样的总体战，同样的前沿攻击，不过在曼德尔施塔姆这里，这是一次对现实的冲击，所用的材料也有着本质的不同。尤其必须指出的是，曼德尔施塔姆在处理时间主题时，几乎每一次都求助于一种充满大的休止的诗体，这种诗体无论是节奏还是内容，都会让人想到六音步诗体。这一诗体通常是一种接近亚历山大诗体的五音步抑扬格，而且总有一些对荷马史诗的释意或直接引用。作为一个规律，这类诗总被放置在海边的某个地方，时间是夏末。这个时间、空间能直接或间接地让人想起古希腊的场景。这是因为，俄国诗歌传统地将克里米亚和黑海视为唯一与希腊世界相近似的地方，塔夫里达[②]和黑海等地曾是希腊世界的郊区。请看曼德尔施塔姆的这样一些诗作，如《金色的蜜从瓶中溢出……》、《失眠。荷马。鼓满的风帆……》和《黄鹂在林中拉长元音……》等等，后一首诗中有这么几行：

---

①指曼德尔施塔姆的《石头集》(1913)和《忧伤集》(1922)。

②克里米亚的希腊语古称。

……自然一年一度
沐浴着荷马韵律般的长度。
犹如白昼哈欠出的停顿……

这种对希腊的呼应是意味深长的。这看上去是一个纯技术问题，但情况在于，亚历山大诗体是六音步诗体最近的亲戚，至少在对停顿的运用上是这样的。说起亲戚关系，记忆女神谟涅摩绪涅就是众缪斯的母亲，一首诗（无论是一首短诗还是一部史诗）只有在被记忆之后方能留存于世。六音步诗体曾是一种显然易于记忆的方式，因为它非常滞重，与包括荷马的读者在内的所有读者的生活口语截然不同。曼德尔施塔姆将六音步诗体这一记忆的载体置于他的另一诗体、即亚历山大诗体之中，修筑了一道肉体几乎能感觉到的时间隧道，创造出一种戏剧中的戏剧、休止中的休止、停顿中的停顿这样的效果。这即便不是时间的含义，也至少是时间的形式：如果说时间没有因此而停止，那它至少也被浓缩了。

曼德尔施塔姆并不是有意识地、精心地这样做的。这也不是他在写作一首诗时的主要意图。他从不在写作中有意制造这一效果，而是在写作时（通常是在写作其他什么作品时）顺手地、附带地这样做的。他的诗不是主题诗。俄语诗歌就整体而言主题性是不强的。俄语诗歌的基本手法就是旁敲侧击，从不同的角度接近主题。英语诗歌所具有的那种对主题清晰明快的处理，在俄语诗歌中通常只出现在这一或那一诗行中，随后，诗人便转而言及其他了；清晰的主题很少贯串一首诗的始终。无论是主题还是观念，无论它们如何重要，都不过是材料，如同语词，俯拾皆是。语言中自有所有这些东西的名称，而诗人就是一个把握语言的人。

希腊是一种过去的存在，罗马是这样，《圣经》中的犹大是这样，基督教也是这样。对于这样一些我们文明的基石，曼德尔施塔姆在其诗歌中采取了与时间本身相近的处理方式:将它们作为一个整体，并置身于这一整体之中。称曼德尔施塔姆为这两种思维方式（尤其是后一种方式）的专家，这不仅是对他的低估，而且还歪曲了他的历史视角，或者说是他的历史视野。就主题而言，曼德尔施塔姆的诗再现了我们文明的发展过程:它流向北方，但平行的水流从一开始就是相互交融的。到本世纪二十年代，罗马的主题渐渐超过希腊主题和《圣经》主题，这主要是因为，这位诗人越来越强烈地感觉到了“诗人与帝国”的传统对立。而且，除了当时俄国局势中纯政治的因素外，使曼德尔施塔姆产生这一态度的，还有他本人对其作品与同时代文学中其余作品之关系的评价，对其作品与道德氛围、与本民族其他人的智性思考之关系的评价。正是道德氛围和精神堕落会让人想到罗马帝国。这只是一种主题上的超越，而从不是取代。即便是在最罗马味的、作者在其中显然对被流放的奥维德加以援引的《忧伤》一诗中，人们也能无误地听到赫西奥德那长辈式的口吻，这表明这部作品仿佛是通过希腊的多棱镜来观察整个世界的。

忧 伤

我已经学会了离别的学问，
在不戴睡帽的夜的怨诉中。
健牛在咀嚼，等待在延续，
城市的警觉之最后一刻钟，
我崇敬那雄鸡之夜的典礼，
当哭泣的眼睛望向远方，
举起道路之忧伤的重负，
女人的哭泣混淆于缪斯的歌唱。

谁能理解“离别”这个字眼，
什么样的分手在把我们等待？
当火光正在卫城之上燃烧，

雄鸡的惊叹向我们预示怎样的未来？
当健牛沐浴新生活的霞光，
正在畜棚里慵懒地咀嚼，
雄鸡，这新生活的代言人，
为何在城墙上拍打翅膀？

而我很喜欢纱线的平凡，
梭儿往来，纺锤在鸣响。
看，犹如一枚天鹅的羽毛，
赤脚的杰丽娅正迎面向你飞翔！
哦，我们生活的基础多么贫乏，
生活中欢乐的语言多么苍白无奇！
一切自古就有，一切又将重复，
只有相认的瞬间才让我们感到甜蜜。

但愿如此：一个透明的身影，
正在纯净的陶盘上躺卧，
就像一张摊平的灰鼠皮，
一位姑娘俯身在把蜡烛打量。
不是我们能猜透希腊的混沌，
蜡对于女人和铜对于男人一样，
命运已把我们投向战斗，
而她们占着卜将目睹死亡。

后来，在三十年代，即所谓的“沃罗涅日时期”，所有这些主题，包括罗马主题和基督教主题，都让位给了赤裸裸的存在恐怖“主题”和可怕的精神加速度，这两个王国间相互作用、相互依存的模式变得更明显、更缜密了。

曼德尔施塔姆并不是一个“文明化了的”诗人，他实际上是一个面对文明和属于文明的诗人。一次，有人请他给他所属的文学运动阿克梅主义下一个定义，他回答说：“就是对世界文化的眷念。”这一世界文化的概括纯粹是一个俄国式概念。由于俄国的地理位置（既非东方亦非西方）及其不完整的历史，俄国一直怀有一种文化自卑感，至少在面对西方时有这种感觉。这种自卑孕育出的一种理想，认为“在彼方”有一个实在的文化整体，随之而来的，就是对来自那方的任何东西都抱有一种智性的贪婪。在某种意义上，这就是古希腊风格的俄国版本，曼德尔施塔姆关于普希金的“希腊式苍白”的评论也并非无的之矢。

俄国式希腊古风的核心是圣彼得堡。圣彼得堡海军部前有一个道地的古典式门廊，其上饰有吹号天使的浮雕，金色的柱顶上有帆船的侧像，也许，这道门廊就是曼德尔施塔姆对所谓世界文化所持态度的最好象征。为了更好地理解曼德尔施塔姆的诗歌，英语读者也许应该意识到，曼德尔施塔姆是一个生活在帝俄首都的犹太人，这个帝国的国教是东正教，其政治结构一直是拜占庭式的，其字母表是由两个希腊僧侣[①]发明的。从历史的角度看，所有这一切的有机结合在彼得堡有着最突出的体现，彼得堡成了曼德尔施塔姆并不太长的余生中“熟悉到流泪”的末日审判的神龛。

然而，使这块圣地不朽的做法还是持续了很久，如果说，曼德尔施塔姆的诗有时被称为“彼得堡风格”，那么你们就有不止一个理由去认定，这个定义既是准确的又是恭维的。说它准确，是因为彼得堡不仅是帝国的行政首都，也是它的精神中心，在本世纪初，各种精神潮流在这里汇合，曼德尔施塔姆的诗中也出现了同样的汇流。说它是恭维的，因为诗人和城市都在他和它的对抗中有所获益。如果西方是雅典，本世纪第二个十年的彼得堡就是亚历山大。彼得堡曾被启蒙主义时期的绅士们称为“一扇开向欧洲的窗口”，后又被陀思妥耶夫斯基定义为“世上最蓄意的城市”，它与温哥华处于同一纬度，它所处的河口与曼哈顿与新泽西间的哈德逊河口一

①即基里尔（约827—869）和梅福季（约815—885）兄弟，斯拉夫字母的创建者。

样宽阔，这个城市过去和现在都很美，这是一种恰好由癫狂或试图隐藏这一癫狂所造成的美。古典主义从未得到过这么大的地盘，受到历代俄国君主邀请的意大利建筑师对此也心领神会。河岸边林立着属于沙皇及其家族、属于贵族、使馆和暴发户的宫殿，宫殿正面的白色立柱构成一只只巨大的、无穷尽的、直立的木筏，被荡漾的河水带向波罗的海。在帝国的主要街道涅瓦大街两旁，坐落着各个教派的教堂。一眼望不到头的宽阔街道上往来着马车、新引进的汽车、无所事事但装束时髦的人群，布满了一流的时装店、糖果店等各色店铺。无比开阔的广场上耸立着比纳尔逊雕像[①]还要高大的已故统治者的纪念雕像和凯旋柱。城里有众多的出版社、杂志、报纸、政党（数量超过今天的美国）、剧院、餐馆和吉卜赛人。所有这一切都被工厂喷云吐雾的烟囱森林所环绕，为北半球的天空那潮湿的、铅灰色的巨毯所覆盖。一场战争已输掉，又一场战争，一场世界大战，业已临近，而你这个犹太小男孩，心中却装满了俄语的五音步抑扬格。

在这完美秩序的巨大化身中，抑扬格的节奏如同鹅卵石一般自然。彼得堡是俄国诗歌的摇篮，也是俄国诗律学的摇篮。关于高贵结构的理想和对内容质量的忽略（有时显然是反内容的，这会造成一种可怕的差异感，它表明的与其说是作者的不如说是诗本身的对于所描述现象的评价），是十足的本地风格。这一风格开始于一个世纪之前，而曼德尔施塔姆在他的第一本诗集《石头集》中所运用的严谨的格律，能让人清楚地想到普希金以及普希金诗群。同样，这不是一种有意的选择之结果，也不表明曼德尔施塔姆的风格已由在他之前和与他同时的俄国诗歌发展进程所预先决定了。

回声的存在是所有优秀音质的特征，曼德尔施塔姆不过是为他的前辈们建造了一个巨大的穹顶。此穹顶之下最清晰的声音属于杰尔查文、巴拉丁斯基和巴丘什科夫[②]。尽管如此，曼德尔施塔姆在很大程度上仍是自行

①指伦敦的纳尔逊雕像。

②杰尔查文(1743—1816)、巴拉丁斯基(1800—1844)和巴丘什科夫(1787—1855)，均为俄国诗人。

其是的，并不在意现成的习规，尤其是当代的习规。他有太多的话要说，以至于无法去操心他的风格的独特性。但是，他的不甚规则的诗歌所具的超载的内容，却使他显得很是独特。

从表面上看，他的诗与当时统治文坛的象征主义诗人的作品并无很大差异：他采用相当规则的韵脚和标准的诗节，其诗的长度也相当适中，即十六至二十四行。但是，比起那些自称为“俄国象征派”的沉湎于含混的玄学诗人来，他利用不起眼的运输工具，却把他的读者载到了更远的地方。作为一场文学运动，象征主义无疑是最后一场伟大的运动（不仅在俄国）；但是，诗歌是一种极端个性化的艺术，它敌视各种主义。象征主义的诗歌产品同这一运动的商标和公式一样繁多而又恬逸。这种翱翔如此轻易，于是许多学生、军中士官生和小职员们部受到了诱惑，到本世纪初，这一类型已经落价到文字膨胀的地步，其情形近乎于自由诗在当今美国的处境。因此，未来主义、构成主义、意象主义等等作为对象征主义的反拨应运而生。这依旧是主义与主义作战，技巧与技巧作战。只有两位诗人，即曼德尔施塔姆和茨维塔耶娃，以其本质上全新的内容而独树一帜，他们的命运也以可怕的方式体现了他们精神自治的程度。

在诗歌中，如同在任何地方，精神上的优越总要在肉体的层次上遭遇抵抗。不应认为，正是与象征主义者（不是完全不带反犹色彩的）的分歧孕育了曼德尔施塔姆之未来的幼芽。我不认为格奥尔基·伊万诺夫[①]一九一七年对曼德尔施塔姆诗歌的嘲笑以及与之形成呼应的三十年代的官方放逐有什么特别之处，我更看重曼德尔施塔姆与各种大众化生产逐渐拉开的距离，尤其是语言上和心理上的距离。其结果是这样一种效果：其声音愈是清晰，便显得愈不和谐。没有任何一个合唱队喜欢这种声音，美学上的孤立获得了肉体上的容积。当一个人创建了自己的世界，他便成了一个异体，将对抗袭向他的各种法则，包括万有引力、压迫、抵制和消灭。

①格奥尔基·伊万诺夫(1894—1958)，俄国诗人、作家和翻译家。

曼德尔施塔姆的世界大得足以招来这一切袭击。我并不认为，若俄国选择了一条不同的历史道路，他的命运便会有什么不同。他的世界是高度自治的，难以被兼并。再说，俄国在走它选定的路，对于其诗歌发展独自高速行进的曼德尔施塔姆来说，俄国的这一走向只会带来一样东西，即可怕的加速度。首先，这一加速度改变了其诗的特征。其诗崇高、静思、充满休止的流动转变为一种急速、突然、阵雨般的运动。他的诗成为一种高速度的诗，一种暴露精神、有时甚至暴露秘密的诗，它常以某种简洁的句法跳过众多不言自明的东西。因此，他的诗比从前任何时候都更像一支歌，不是游吟诗人的歌，而是鸟雀的歌，带有尖利、意外的变调和升调，有些像金丝雀的颤音。

像那只鸟一样，他成了他的祖国慷慨地向他投掷的各种石块的目标。并不是曼德尔施塔姆在与俄国发生的政治变革作对。他的分寸感和他的讽喻态度，使他足以理解整个事件的史诗性质。此外，他是一个异教徒般超脱的人，另一方面，哀怨的语调也已被象征主义运动完全淹没。还有，自本世纪初起到处都在阔谈世界的重新划分，因此当革命发生时，几乎每个人都将发生的一切当成他们所渴望的事情。曼德尔施塔姆或许是唯一对那些震撼世界的事件持清醒态度的人，那些事件使众多惯于思索的脑袋产生了迷惑：

好吧，让我们来试着转动
这笨重的吱呀作响的巨轮……

——引自《自由的霞光》

但是石头已经飞来，鸟儿也已飞去。这两者的飞行轨迹在诗人遗孀的回忆录中得到了完整的记录，它们占据着两卷书的篇幅。这两本回忆录当然是阅读曼德尔施塔姆诗歌的指南，但是其意义不仅于此。任何一个诗人，无论他写作了多少作品，从实际的或统计学的角度看，他在他的诗中所表现出的至多是他生活真实的十分之一。其余的一切通常为黑暗所掩埋；即使有同时代人的证词保留下来，仍会存在巨大的空缺，更不用说那些会歪曲对象的各种不同的视角了。

奥西普·曼德尔施塔姆遗孀的回忆录正好涵盖了其余的十分之九。这些回忆录驱走了黑暗，填补了空白，矫正了误解。其总体效果近乎一次复活逝者的举动，那害死诗人、比诗人存在得更久并仍继续存在、更为普遍的一切，也在这些书页中得到再现。由于这些材料的致命力量，诗人的遗孀在处理这些成分时如拆卸炸弹一般小心。由于这样的精心，由于这部伟大的散文是用曼德尔施塔姆的诗歌、用他的死亡过程和他的生命质量写成的，因此，一位哪怕没有读过曼德里施塔姆任何一句诗的人也能立即明白，这些文字再现的确实是一个伟大的诗人，仅凭那朝向他的恶所具有的数量和能量。

还有一点也必须指出，即曼德尔施塔姆对新的历史局势所持的态度完全不是一种公开的敌意。总体地看，他不过是将这一局势视为存在现实的一种更糟糕的形式，一种本质上全新的挑战。自浪漫主义时代起，我们就已有了诗人与专制者相对抗的概念。如果说历史上曾有过这样的时代，那么这样的行为如今则完全成了一种幻想，因为专制者们再也不会去参与这种面对面的较量了。我们和我们的统治者之间的距离只能由后者来缩短，而后者却很少这样做。诗人惹出了麻烦，往往并不是由于他的政治信念，而是由于他语言上的优越感以及由此而产生的心理上的优越感。歌是一种语言叛逆的形式[①]，它所怀疑的对象远远不止某一具体的政治制度：它是对整个现存体制提出疑问。它的敌人自然也是成比例地增多的。

认为是那首描写斯大林的反诗导致了曼德尔施塔姆的灭亡，这样的看

① 布罗茨基后来在为托马斯·温茨洛瓦的诗集《冬天的对话》所写的序言中又进一步发挥了这一观点，该序题为《诗歌是抗拒现实的一种方式》，中译见《世界文学》2011年第4期，刘文飞译。

法不免简单。这首诗尽管具有相当的杀伤力，可它只是曼德尔施塔姆诉诸这个“并不很新”的时代之主题时的一个副产品。同样，写于同年（一九三三年）稍早时的另一首诗《阿里奥斯托》中也有一行更尖锐的诗：“权力像剃头匠的手一样让人厌恶……”这样的例子还有很多。不过我依然认为，这些攻击言论本身未必一定会招来毁灭法则。如果他是一位政治诗人，或是一位不时探入政治领域的抒情诗人，他或许能躲过那把横扫俄国的铁扫帚。他便能意识到危险，像许多人那样变得聪明起来。但是他没有这样做，因为他的自我保护本能早已让位于美学。正是曼德尔施塔姆诗歌中强烈、出色的抒情性使他与其同时代人拉开了距离，使他成了世纪的孤儿，“全苏范围的无家可归者”。因为抒情就是语言的伦理学，它高于人类活动范畴内的任何一项成就，抒情创造出艺术作品并使艺术作品得以永存。也正因为如此，那把旨在对整个俄国进行精神阉割的铁扫帚才不可能放过他。

这是一个最极端的例子。歌，说到底就是重构的时间，无声的空间对它天然地怀有敌意。前者由曼德尔施塔姆所代表，后者则选中国家作为其武器。奥西普·曼德尔施塔姆一九三八年死于其中的那座集中营，其地理位置含有某种可怕的逻辑：它位于海参崴附近，在国家拥有的空间的最边缘。在俄国境内，这是距彼得堡最远的地方。再请看一看，一个人在抒情性的诗歌中能达到怎样的高度（这首诗是为怀念一位名叫奥尔迦·瓦克塞尔、据说死在瑞典的女性而作的，写于沃罗涅日，当时曼德尔施塔姆在患精神分裂症后被从乌拉尔山附近的流放地转至沃罗涅日）。这里仅引四行：

僵硬的燕子们生着圆圆的眉毛，
从坟墓朝着我飞翔，
告诉我已在斯德哥尔摩睡足了觉，
枕着它们冰冷的床。

请品味一下这带有交叉韵的四音步抑扬抑格的诗歌格式。

这一诗节是重构时间的顶峰。从一个方面来讲，语言本身就是过去的产物。这些僵硬的燕子们的回归，既表现了燕子出现的往复特征，也表现了同时作为内在思想和口语表达的这一明喻本身的循环性。另外，“朝着我飞翔”暗示春天，暗示更替的季节。“告诉我已睡足了觉”，暗示的也是过去：过去因未 被注意而是未完成的。接着，最后一行完成了整个循环，因为作为状语的“斯德哥尔摩”暴露了潜在的借喻，这里借用的是汉斯·克里斯蒂安·安徒生的一则童话，说的是一只受伤的燕子在鼹鼠的洞穴里过冬，伤好之后又飞回了家园。在俄国，每一个中小学学生都知道这个故事。有意识的回忆过程深深扎根于潜意识的记忆，并造成一种被刺穿心灵的感觉，仿佛，这不是我们正在倾听那个受苦受难的人，而是他受伤的心灵自身在发出声音。这声音无疑会与一切东西发生冲突，甚至会与诗人的生活发生冲突。这就如同奥德修斯将自己捆在桅杆上以抵御他心灵的呼唤，正是这一点，而不仅仅是曼德尔施塔姆已经结婚的事实，导致了他在此处的含蓄写法。

他在俄国诗歌中工作了三十年，他所做的一切将和俄罗斯语言一样长久地存在。由于其抒情性和深刻性，他的创作无疑将比那个国家现存及将来的制度存在得更长久。坦诚地说，在世界诗歌中我没有发现任何东西，它就其启示性质而言堪与曼德尔施塔姆在他死前一年写就的《致无名战士》[①]一诗中的这四行诗相比：

> 阿拉伯武的混合和杂烩，
> 被磨成一束的速度之光，
> 这束光倾斜着它的底座，
> 静立在我的视网膜上。

①此诗写于 1937 年 3 月 9 日。

这里几乎没有语法，但这不是一种现代派技巧，这是一种难以置信的心理加速度之结果，曾几何时，约伯和耶利米[1]就凭借这样的心理加速度获得了顿悟。对速度的这种磨研如同一幅自画像，更是对天体物理的一次惊人的洞悉。他听见在他的身后有一个“匆忙逼近”的东西，那不是“有翼的马车”，而是他那个“捕狼犬世纪”，于是他奔跑着，直到空间的尽头。空间终结时，他撞上了时间。

这里所说的是“我们”。这一代词不仅针对他的俄语读者，同时也面向他的英语读者。也许，在这个世纪，他比任何人都更像是一位文明的诗人，因为他对赋予他灵感的东西又作出了奉献。甚至可以说，早在他遇见死亡之前很久，他就已成了文明的一部分。当然，他是一位俄国人，但这就如同说乔托[2]是意大利人一样。文明是受同一精神分子激励的不同文化的总和，其主要的载体——无论是从隐喻的角度还是就文字的意义而言——就是翻译。希腊式的门廊浪游至冻土带的纬度，这就是翻译。

他的生和他的死一样，都是这一文明的结果。对于一个诗人来说，他的伦理态度，乃至他的气质，都是由他的美学所确定、所定型的。这一点可以说明，诗人为何总是发现自己与社会现实格格不入，他们的死亡率也显示出了由现实在现实和文明之间设定的距离。翻译的属性亦是如此。

文明以秩序和牺牲这两个原则为基础，作为这一文明的儿子，曼德尔施塔姆就是上述两个原则的化身。要求他的译者至少接近于等同，应该说是公正的。对于制造回声的严厉要求，尽管表面上看是艰巨的，可它自身却是对那种眷念世界文化的态度所表现出的敬重，正是那种对世界文化的眷念引导并装扮了原作。曼德尔施塔姆诗歌的形式不是某种复古诗学的产物，而正是上文提及的希腊式门廊中的圆柱。移走这些圆柱，不仅会将一

---

① 约伯和耶利米都是《圣经》中的人物。神为了试探约伯，夺走其全部财产和女儿，约伯忍受了，神便把一切归还于他，并赐予他双倍财产；耶利米是《旧约》里的四大先知之一，曾预言耶路撒冷的陷落。

② 乔托（1266/67—1337），意大利文艺复兴时期的画家。

个人的“建筑物”变成一堆废墟，这还会构成对诗人为之生、为之死的一切所编造的谎言。

翻译就是在寻觅对等物而非替代品。它即便不要求心理上的相投，也要求风格上的相投。比如，叶芝晚年的风格化诗语就可以被用来翻译曼德尔施塔姆（曼德尔施塔姆与叶芝在主题上有许多共同之处）。麻烦的是，一个能驾驭这种诗语的人——如果存在这样的人——无疑更乐意去创造他自己的诗歌，而不愿在翻译上费尽心思（再说，翻译所得的报酬也更少）。而且，除了技巧和心理上的相投之外，一个曼德里施塔姆的译者最应拥有或发展的素质，就是要对文明怀有一份与他相似的情感。

曼德尔施塔姆是一个最高意义上的形式的诗人。对于他来说，一首诗开始于声响，开始于他自己所说的“发声的形式模块”①。缺乏这一概念，就会把他的想象之最精确的演示降格为一种刺激性的阅读。曼德尔施塔姆曾在其《第四篇散文》中写道：“在俄国，只有我一人借助声音工作，而周围的人全都在涂鸦。”这是一位意识到其创造精神的源泉决定创作方法的诗人，怀着愤恨和自豪发出的感慨。

要求一位译者亦步亦趋，这也是无效的和不合情理的，因为一个人用来进行创作的声音，用来作为其创作来源的声音，是独一无二的。不过，诗歌格律所体现出的音色、调性和速度却可以被传导出来。必须记住，诗歌格律本身就是一种精神大容器，它不可能被任何东西所取代。各种格律甚至不能彼此替代，更不能被自由诗所替代。格律的差异，就是呼吸的差异和心跳的差异。押韵规则的差异就是大脑功能的差异。对这两者的轻率处理，说得好听一些是亵渎，说得难听一些就是伤害或谋杀。无论如何，这是一种思想犯罪，而罪犯，尤其是尚未被抓获的罪犯，付出的代价就是其智性的堕落。至于读者，他们只能买到谎言。

不过，对于创造回声的严格要求是一个过高的要求。它极大地束缚个性。要求运用“当代诗歌工具”的呼声十分刺耳。译者们忙着去寻找替代

① 曼德尔施塔姆在《词与文化》(1921年)中的一个说法。

品。这一现象出现的首要原因，就是这些译者通常本人就是诗人，他们最感亲近的就是他们自己的个性。他们的个性观念完全排斥了甘愿作出牺牲的可能性，而这一可能性又正是成熟个性的首要特征（也是任何翻译、甚至技术翻译的首要要求）。其结果，曼德尔施塔姆的一首诗，无论是从视觉上还是从结构上看，都像是缺乏才智的聂鲁达的某些诗，或是一些从乌尔都语或斯瓦希里语译过来的东西。如果说这样的诗能留存下来，那是因为其想象的奇特，或是能让读者清晰地看到某种人类学价值。温·休·奥登晚年曾说："我不明白，曼德尔施塔姆为什么被视为一个伟大诗人，我读到的译诗并不能使我确信这一点。"

这并不奇怪。在流行的译文中随处可见绝对的非个性化产品，而这种非个性化产品就是当代语言艺术的公分母。如果这些译文只是一些糟糕的译文，那也许还不是一件太糟糕的事。因为，糟糕的译文恰好可以凭借其糟糕去刺激读者的想象，使他们产生一种洞穿文本或挣脱文本以实现自我抽象的欲望，因为糟糕的译文能刺激人的直觉。但在对曼德尔施塔姆的翻译中，这种可能性实际上并不存在，因为这些译文带有自我确信的痕迹和难以忍受的外省风格，能对这些译文作出的唯一乐观评价就是，如此低质量的艺术，无疑是与颓废派文化有着相当大的距离的。

整个俄国诗歌，其中包括曼德尔施塔姆的诗歌，不应遭到穷亲戚们时常遭遇的冷遇。语言及其文学，尤其是诗歌，是那个国家所具有的最好的东西。看到曼德尔施塔姆的诗句在英语中被弄成的模样，人们不禁会浑身颤抖，但这并不是在担心曼德尔施塔姆的威望或俄国的威望，因为这更像是对英语语言文化的一种掠夺，是这一文化之品位的降低，是对精神挑战的回避。一位年轻的美国诗人或诗歌读者在翻了翻这几本诗集后也许会总结道："OK，在俄国那边也在干着同样的事。"但是，那边的人却在干着完全不同的事。除了其比喻体系外，俄国诗歌还是精神纯洁和道德坚定的样板，这一点首先就表现为，它在丝毫不损害内容的同时保持了各种所谓的古典主义形式。这便是俄国诗歌和她的西方姐妹之间的区别，虽然无人能贸然断定这个区别对哪一方更为有利。但无论如何，这是一种区别，即便是出于纯人种学的原因，这一性质也应在翻译中受到保护，而不应将它硬塞进某一通用模式。

一首诗，是某种必要性的结果：它是必然的，它的形式也是必然的。诗人的遗孀娜杰日达·曼德尔施塔姆在她的《莫扎特和萨利耶里》（此文当为每个对创作心理学感兴趣的人所必读）中曾写道："必要性不是一种强制，不是宿命论的诅咒，而是各个时代的纽带，如果从前人手中接过的火炬尚未被踏灭的话。"必要性当然无法被复制；但是，译者若是忽略那为时间所点燃、所神圣化的形式，也就如同在践踏那把火炬。为这种行为辩护的各种理论中只有一个可取之处，那就是，这些理论的作者可以通过发表观点赚取报酬。

仿佛对人的官能和感觉的脆弱及变节早有担忧，诗歌于是便诉诸人类的记忆。说到底，诗歌采用的形式就是一种记忆手段，它能在人的其他构造失灵时让大脑保存一个世界，并将这一保存的过程简洁化。记忆通常是最后离去的东西，仿佛它试图记录下它离去的过程本身。因此，诗歌可能就是最后一个离开濒死者嗫嚅之唇的东西。在那一时刻，没有一个母语为英语的读者会含糊不清地默诵一位俄国诗人的诗句。但是，如果他默诵的是奥登或叶芝或弗罗斯特的什么东西，那么，他就比如今的译者们更接近于曼德尔施塔姆的原作。

换句话说，英语世界应该倾听这不安的、高亢的、纯净的声音，它充满爱、恐怖、记忆、文化和信仰，这是一种颤抖的声音，也许就像一支在强风中燃烧却绝不会被吹灭的火柴。这声音依然存在，当它的主人已经离去。我们想说，他就是一位现代的俄耳甫斯：他被送进地狱，却再也没有回返。与此同时，他的遗孀则在地球六分之一的表面上东躲西避，紧握一只翻炒着他的歌的长柄锅，她在深夜背诵着这些歌，以防它们被手持搜查证的复仇女神抄走。这就是我们的变形记，我们的神话。

一九七七年

娜杰日达·曼德尔施塔姆（1899—1980）

一篇悼词[①]

约·布罗茨基

在自己八十一岁的一生中，娜杰日达·曼德尔施塔姆有十九年是当代最伟大俄国诗人奥西普·曼德尔施塔姆的妻子，有四十二年是他的遗孀。其余的时间则是她的童年和青年时期。在知识分子圈子里，尤其是在文学知识分子圈子里，成为一位伟人的遗孀在俄国几乎已是一种职业，这个国家在三四十年代制造出如此之多的作家遗孀，到了六十年代中期，她们的人数已足以组成一个行业工会。

“娜佳是遗孀当中最幸运的。”安娜·阿赫马托娃这样说的时候，指的是曼德尔施塔姆在当时获得的普遍承认。阿赫马托娃的这一看法自然首先是就她那位诗友的命运而言的，这一看法虽然公正，却依然是旁观的。在上面提及的普遍承认出现时，娜杰日达·雅科夫列夫娜·曼德尔施塔姆已年逾七十，身体状况相当糟糕，几乎一无所有。况且，这一承认虽说普遍，却仍未能在“地球上六分之一的土地”，亦即俄国流传开来。娜杰日达·曼德尔施塔姆度过的二十年，是守寡、极度贫困、将一切个人损失一笔勾销的大战以及每时每刻的恐惧，担心身为人民公敌之妻的她会被国家安全部门的特工们抓走。在经历了这一切之后，除了死亡，其他任何遭际都可以被视为喘息。

①此文首发于《纽约图书评论》1981年3月5日（第28期）。

我第一次见她是在一九六二年冬天的普斯科夫，当时，我和几位朋友一同去普斯科夫看那里的教堂（应该说，那些教堂是整个帝国最漂亮的教堂）。听说我们要去普斯科夫，安娜·安德烈耶夫娜·阿赫马托娃建议我们去见一见当时在该地师范学院教英语的娜杰日达·曼德尔施塔姆，并让我们把几本书转交给她。我当时第一次听到这个名字，我之前不知道她还活着。

她住在一套两居室的公共住宅里。其中一个房间里住着一位住户女代表，其姓氏就像是命运的嘲弄，叫“非茨维塔耶娃”，另一个房间则属于娜杰日达·雅科夫列夫娜·曼德尔施塔姆。这个房间与普通美国家庭的浴室差不多大，只有八平方米。房间的大部分面积为一张大铁床所占据，另外还有两把维也纳式椅子，一张带有小镜子的五斗橱，还有一个床头柜，这床头柜也当桌子用，上面摆着几只剩有残羹的盘子，旁边是一本简装英文书，以赛亚·伯林的《刺猬和狐狸》①。这本红皮书籍会出现在这间斗室，有人敲门时它也未被藏到枕头下面，这个事实本身恰好也表明，喘息时期业已开始。

后来得知，这本书也是阿赫马托娃送来的，在半个世纪的时间里，阿赫马托娃始终是曼德尔施塔姆夫妇最亲近的朋友，起初是他们夫妇两人的朋友，之后则仅为娜杰日达一人的朋友了。阿赫马托娃自己也两度守寡：她的第一任丈夫、诗人古米廖夫被契卡、亦即克格勃的前身所枪毙；第二任丈夫、艺术学家尼古拉·普宁死于同一机构设置的集中营。阿赫马托娃竭尽所能地帮助娜杰日达·雅科夫列夫娜·曼德尔施塔姆，在战争时期可以说是救了后者的命，她将后者偷偷带到塔什干，作家协会的部分成员当时被疏散到那里，在塔什干，阿赫马托娃与娜杰日达·曼德尔施塔姆分享自己的那份定量口粮。阿赫马托娃的两任丈夫均为国家所灭，她的儿子在集中营里受苦（总共被关了十六年，如果我没记错的话），尽管如此，阿赫

①这是以赛亚·伯林(1909—1997)的一部俄国文学论集。

马托娃的处境还是要比娜杰日达·曼德尔施塔姆好一些，即便仅仅因为，官方虽然很不情愿，但还是承认她是一位作家，还允许她住在彼得格勒或莫斯科。而对于人民公敌的妻子而言，大城市的门则是紧闭的。

数十年里，这位女性四处奔逃，藏身于伟大帝国的一个又一个偏僻小镇，她在一个新地方安顿下来，只是为了一旦感觉到危险讯号便立即再逃走。身份虚假的状态渐渐成了她的第二天性。她个子不高，身体瘦弱。她一年比一年更加干瘦，缩成一团，她似乎试图让自己变成一种没有重量的东西，以便能在逃跑的时候很快地抄起来，塞进衣服口袋。她自然没有任何财产，没有任何家具，没有任何艺术品，没有任何藏书。书籍，甚至连那些外文书，从来都不会在她那里放得太久。她读完之后，看了之后，就马上把它们退还给别人，她对书籍的处理方式也应该像对她自己一样。在她最遂顺的时期，即六十年代末和七十年代初，在她位于莫斯科郊区的那套一居室住宅里，最贵重的物件就是厨房墙上那只能发出布谷鸟报时声的挂钟。窃贼到了这里会感到失望，顺便说一句，带着逮捕证赶到这里来的那些人也同样会感到失望。

在那些“遂顺的”年代，即她的两部回忆录在西方发表之后，这间厨房的确成为一块朝觐之地。几乎每天晚上，那些熬过艰难时世或是在后斯大林时期涌现出来的精英们都会围坐在一张长木桌边，这张桌子要比普斯科夫的那个床头柜大十倍。能感觉到，她在试图挽回她被摈弃的那几十年。但这只是我的怀疑，不知为何我记得更清楚的还是她在普斯科夫那间斗室里的模样，或是她坐在阿赫马托娃彼得格勒住所里的沙发角上的模样，她有时偷偷从普斯科夫跑到彼得格勒来，或是她现身于什克洛夫斯基夫妇莫斯科住处的走廊深处时的模样，在没有找到自己的住处时，她就住在什克洛夫斯基家里。我之所以对这些模样印象更为深刻，或许是因为她在那些时候更接近她的本质，即一位被抛弃的女子、女难民，或是像曼德尔施塔姆在一首诗中对她的称呼，即“穷女友”[①]，这种身份她实际上一直保持到她生命的终点。

①见曼德尔施塔姆的《你还没死，你还不是孤身一人》(1937)一诗。

让人惊诧的是，她的这两本书是她在六十岁时写下的。在曼德尔施塔姆家中，奥西普是作家，而她却不是。如果说她在这两本书之前也写过什么东西，那不过是些写给友人的书信或写给最高法院的申诉书。那种对充满事件、跌宕起伏的漫长一生进行静观的传统回忆录作者形象，并不适用于她。因为，她度过的六十五年生活并不十分正常。在苏联的惩处机制中有这样一项规定，在某些特定集中营里度过的一年可被视为三年。如此算来，本世纪的许多俄国人堪比《圣经》中的长老。曼德尔施塔姆夫人与那些长老还有一个共同之处，即对正义的渴求。

然而，六十岁的她在喘息期伏案写作这些回忆录，其动机并不仅仅是对公正裁决的希冀。这些回忆录之所以面世，是因为俄国文学史中曾经发生的事情又在娜杰日达·曼德尔施塔姆的生活中再度出现。我指的是十九世纪后半期伟大的俄语散文的诞生。这种散文仿佛凭空出现，像是某种不明原因导致的后果，但实际上，它就是从十九世纪的俄语诗歌中成长起来的。诗歌为其后的整个俄国文学确定了基调，俄语散文中的杰作均可被视为十九世纪前二十五年间俄语诗歌中出现的细腻心理和细致语汇的遥远回声和精心再加工。阿赫马托娃常说："陀思妥耶夫斯基的大部分人物都是上了年纪的普希金主人公，比如奥涅金们之类。"

总体而言，诗歌永远走在散文的前面。这句话在很多方面也可以用来概括娜杰日达·雅科夫列夫娜的一生。无论作为一个人还是作为一位作家，她都是她的一生与之紧密相连的两位诗人之产物，这两位诗人即曼德尔施塔姆和阿赫马托娃。这并非仅仅因为前者是她的丈夫，后者是她的终生好友。说到底，四十二年的寡居生活会使最幸福的回忆也黯然失色（而在他俩的婚姻中幸福的回忆原本就不多，即便仅从这一点来看，即他们的共同生活充满了因战争、革命和最初几个五年计划而导致的别离）。同样，她也多年无法与阿赫马托娃见面，而书信是无论如何也不能信赖的。一切落在纸上的东西都是危险的。那种使这段婚姻、这份友谊得以维系和强化的机制就是一种愿望，即一定要记住那些不能写在纸上的东西，也就是两位诗人的诗句。

在那个被阿赫马托娃称为“前古腾堡时代”的年代，娜杰日达·雅科夫列夫娜在做这些事时绝非孤身一人。昼夜重复已故丈夫的诗句，这不仅能让她越来越深地理解这些诗，而且还能复活她丈夫独具的嗓音和声调，能让她感觉到（哪怕是瞬间地）他的在场，能让她意识到，他履行了他在结婚仪式上许下的“同甘共苦”的诺言，尤其是在二十世纪下半期。在阿赫马托娃不在身边时，娜杰日达·雅科夫列夫娜也时常用同样的方式诉诸阿赫马托娃的诗，因为这个记忆机制一旦启动，便无法再停下来。这一方式也被诉诸其他某些作者和某些思想，诉诸其他某些伦理原则，一句话，诉诸一切只能以这种方式方能得以保全的东西。

这一切渐渐地深入她的内心。因为，如果说有什么东西能够取代爱情，也就只有记忆。记住什么，这便是在重新确立亲近关系。渐渐地，两位诗人的诗句变成了她的意识和她的个性。两位诗人的诗句不仅赋予她以视野和视角，更重要的是，这些诗句对她而言也成为一种语言范式。因此，当她坐下来写作自己的书时，她已注定会将自己的语言与两位诗人的语言进行一番比较，这种比较在当时或许是无意识的，本能的。她的文字所具有的明晰和无情反映了其智性的典型特征，而她明晰而又无情的文风，也同样是那塑造了这一智性的诗歌所必然导致的风格后果。无论就内容还是就风格而言，她的书实质上都只是一种崇高的语言形式之附言，这种崇高的语言形式就是诗歌，仰仗对丈夫诗句的反复背诵，娜杰日达·雅科夫列夫娜使这种语言形式成了自己的肉体。

如果改用一下温·休·奥登的话，我们可以说，是伟大的诗歌将她“踹进了”散文。[①]因为，对这两位诗人之遗产的探究只能在散文中进行。在诗歌中，这份遗产只能成为模仿者的资本。后来的情况也果然如此。换句话

① 语出奥登的《悼叶芝》，诗中有“疯狂的爱尔兰将你踹进诗歌”一句。

说，娜杰日达·雅科夫列夫娜·曼德尔施塔姆的散文已成为语言借以摆脱停滞的唯一环境。这一散文似乎成了唯一合适的环境，两位诗人使用过的语言可以在此歇息灵魂。因此，她的书与其说是回忆录，是对两位大诗人的传记之附注，无论它们作为回忆录和附注的性质如何出色，这些书仍不如说是在阐释俄罗斯人民的意识。至少，是在阐释有幸读到此书的那些人的意识。

丝毫不令人奇怪，这样的阐释会变成对体制的谴责。娜杰日达·雅科夫列夫娜·曼德尔施塔姆的这两部回忆录的确能被等同于在人间对她所处的世纪和她所处世纪的文学作出的最后审判，更可怕的是，正是这个世纪曾发出建造人间天堂的呼吁。更不会令人奇怪的是，这些回忆录，尤其是第二部，在克里姆林宫内外均引起一片愤怒。应该说，当权者们的反应要比知识分子的反应更真诚一些，因为当权者仅仅把藏匿这些图书宣布为一种违法犯罪行为，而知识分子、尤其是莫斯科的知识分子却掀起一场可怕的声浪，因为娜杰日达·雅科夫列夫娜对某些实为体制帮凶的杰出知识分子或不那么杰出的知识分子提出了指控，于是，向她的厨房涌去的人流也逐渐消失了。

出现一些充满愤怒、提出绝交的公开信和半公开信，她究竟是否有权指认某人为告密者，这一问题甚至导致朋友反目，夫妻分手。那位杰出的异见人士抖动着大胡子宣称："她败坏了我们这一代所有人的名誉。"另一些人则冲向别墅，在那里闭门不出，以便赶紧在打字机上敲打出自己的反回忆录。已经到了七十年代，六七年之后，由于索尔仁尼琴对犹太人的态度，这些人中间又将再次出现一场相似的分裂。

文学家的意识中存在着某种拒绝道德威信的东西。文学家很乐意认同总书记或元首的存在，但他一准会质疑先知的存在。问题或许就在于，"你是个奴才"这样的话听起来要比"从道德角度看你就是个零"的定论更易忍受。就像俗话所说，人们不揍已经倒地的人。但是，先知踹了倒地者一脚，却不是为了弄死后者，而是想让他站起身来。人们抗拒被踹，指控和谴责遭到怀疑，可他们这样做却不是为了澄清事实，而是出于奴才固有的精神自满。如果事情不仅牵涉到道德威信，而且还牵涉到文化道德，如同娜杰日达·雅科夫列夫娜·曼德尔施塔姆所为，这对于一位文学家而言就更加糟糕了。

我要冒险再稍稍往前走几步。现实只能借助接受来获得意义。只有接受才使现实变得重要。接受的层次有所不同（取决于其重要性），这一等级体系是接受行为借助一些最为敏感、细腻的棱镜获得的。只有一位大师能赋予这些棱镜以细腻和敏感，这位大师就是文化、文明及其主要工具，即语言。借助这一棱镜对现实作出的评判，或许就是最准确的评判，甚至可能是最公正的评判，获得这样的评判就是全人类所有代表的共同目标。（“不诚实！”和“精英治国！”之类的哭喊，前面提到的那些东西都有可能遇到，首先是在我们的大学里，但是没有必要去关注这些，因为文化就其定义而言就是精英的，民主原则在认识领域的实施就包含着一个信号，即智慧和愚昧的平等。）

娜·雅·曼德尔施塔姆对她所目睹的现实作出的评判之所以毋庸置疑，并不是因为她的痛苦独一无二，而是因为她自二十世纪最优秀的俄语诗歌获得了这种棱镜。说伟大的艺术离不开苦难，这是一种卑鄙的谎言。苦难会让艺术失明失聪，会摧毁艺术，时常还会杀害艺术。奥西普·曼德尔施塔姆在革命前即已成为一位伟大诗人。安娜·阿赫马托娃如此，玛丽娜·茨维塔耶娃也同样如此。即便俄国没有经历过本世纪那些众所周知的历史事件，他们也依然会是大诗人，因为他们富有天赋。一般说来，天才是不需要历史的。

如果没有革命以及其他事件，娜·雅·曼德尔施塔姆也会成为一位作家吗？或许不会，因为她是在一九一九年遇见自己未来的丈夫的。但是，这个问题本身并不严谨，它会将我们带入概率论和历史决定论的模糊领域。

她最终成为一位作家，并非因为本世纪俄国所发生的一切，而更像是对本世纪俄国所发生一切的抗拒。一位诡辩家定会伸出食指，发出一番指点，说从历史决定论的观点来看，“抗拒”就等于“因为”。好吧，如果他对一位普通人的“抗拒”之意义如此地无动于衷，那就随他去吧，那就随他的历史决定论去吧。

不过，所有这一切也不是没有原因的。既然一位年逾六旬的瘦老太婆很快便能体现出这样一种能力，即延缓民族的文化崩溃，如果说她未能最终阻止这种崩溃的话。她的回忆录其实并不仅仅是关于她那个时代的一份证据，这是在文化良心的烛照下向历史投去的一瞥。历史在这烛照中缩成一团，而个人主义则意识到了自己面临的选择，即去寻找光源还是去犯下针对自我的人类学罪行。

她的任务中完全不包括去扮演这样的角色，她更不追求去与体制算账。对于她而言，这是一项个人事情，关涉她的性格、个性以及那塑造了她的个性的一切。而塑造出她的个性的东西就是文化，就是文化的最优秀产物，即她丈夫的诗。正是这些诗句拯救了她，而非关于丈夫的记忆。她在四十二年的时间里一直就是这些诗，而非他的遗孀。她当然很爱他，可是要知道，爱情本身也是一种最为精英化的激情。只有在文化的语境中，爱情才能获得规模和前景，因为它需要在意识中、而非床铺上占据更大的位置。脱离这一语境，爱情就将沦为普普通通的摩擦。她是文化的遗孀，我认为，她在生命的最终比刚结婚时更爱自己的丈夫。或许正因为如此，她的书才会如此深入地渗透进读者的意识。这或许也是因为，当今世界面对文明的态度也同样可以被概括为守寡状态。

如果说她缺少点什么，那就是宽容。在这一方面，她完全不像她那两位诗人。但是，那两位诗人自有他们的艺术，他们所取得的巨大成就本身就足以让他们感到满足，从而表现得谦卑，或是显得谦卑。而她则是偏执的，决绝的，挑剔的，不愿妥协的，毫不宽容的。有时，她的观点是不尽完善的，或是以传闻为基础的。简言之，她有性格缺陷，这并不奇怪，如果你们注意到她在现实生活中以及之后的想象中是在与什么样的人打交道。最终，她的不宽容赶走了许多人。她将这当做一个正常现象，因为她已经因为崇敬、因为诸如罗伯特·麦克纳马拉[①]或威利·菲舍尔（少校鲁道夫·阿贝尔[②]的真名）这样一些人的狂喜而感觉疲惫不堪。她唯一的希望就是死在自家的床上，就某种意义而言，她甚至情愿死去，因为，“在那边我又可以和奥西普在一起了”，可阿赫马托娃有一次却对她说：“不，这一次该轮到我和他在一起了。”

她的这一愿望最终得以实现：她死在自家的床上。对于她那一代俄国人而言，能够实现这一愿望的为数并不多。毫无疑问，有人会认为她不理解她所处的时代，未能赶上开往未来的火车。有什么法子呢，她像她那一代所有的俄国人一样清楚地知道，那些开往未来的火车将停靠在集中营或是毒气室。她很幸运，顺便说一句，我们也很幸运，因为她和我们都知道这趟列车的终点站。

我最后一次见她是在一九七二年五月三十日，地点是她莫斯科住宅里的厨房。当时已是傍晚，橱柜在墙壁上留下一道暗影，她就坐在那暗影中抽烟。那道影子十分暗，只能在其中辨别出烟头的微光和两只闪烁的眼睛。其余的一切，即一块大披巾下那瘦小干枯的躯体、两只胳膊、椭圆形的灰色脸庞和苍白的头发，全都被黑暗所吞噬了。她看上去就像是一堆烈焰的余烬，一块阴燃的煤，你如果拨一拨它，它就会重新燃烧起来。

一九八一年

①罗伯特·麦克纳马拉（1916—2009），美国政治家、金融家，曾任美国国防部长和世界银行行长。

② 鲁道夫·阿贝尔（1903—1971），苏联王牌间谍，原籍英国。